Arturo Alape (1938-2006) war Maler, Schriftsteller, Journalist und seit den 60er Jahren Historiker der sozialen Bewegungen Kolumbiens. So entstanden u.a. »El Bogotazo«, eine Chronik des Volksaufstandes von 1948 im Anschluss an die Ermordung des liberalen Präsidentschaftskandidaten, bei dem Teile der Hauptstadt Bogotá zerstört wurden. Oder die zweibändige Biografie von Manuel Marulanda Vélez, dem einstigen Chef der größten Guerilla-Formation des Landes. Diese Arbeiten erreichten nicht nur zweistellige Auflagen, sie zwangen ihn auch zu mehrjährigen Aufenthalten im Exil, so in Kuba und Deutschland.

Titel des spanischen Originals: Sangre Ajena
© 2000, Planeta Columbiana Editorial S.A., Bogotá

© 2003 der deutschen Erstausgabe unter dem Titel »Das Blut der Anderen«:
EDITION KÖLN - Verlag Peter Faecke, Köln

© 2010 für die neu durchgesehene und erweiterte Ausgabe als Paperback:
EDITION KÖLN - Verlag Peter Faecke

Gestaltung und Satz:
Grafikstudio EDITION KÖLN / Heike Rittner

Druck und Bindung:
Steinmeier GmbH, Deiningen

ISBN 978-3-941795-21-1

Dieses Buch ist auch als eBook erhältlich:
ISBN 978-3-941795-27-3

EDITION KÖLN
Mevissenstr. 16
50668 Köln
www.peterfaecke.de

Arturo Alape

PORTRÄT DES KILLERS
ALS JUNGER MANN

Thriller aus Kolumbien

Im Anhang: Vom Leben in Bogotá
und Schreiben im Exil

Für Katia,
Traum deiner Träume und meiner Träume,
aller Träume: Traum des Lebens.

Frei von Hoffnung und Erinnerung
unbegrenzt, entdinglicht, Zukunft schier
ist der Tote kein Toter: er ist der Tod.

«Buenos Aires mit Inbrunst»
J.L. Borges

In der Welt in der ich lebe
sind immer vier Ecken
und zwischen den vier Ecken
wird immer dasselbe sein.

«Der Häftling»
Álvaro Velásquez
Fruko y sus tesos

«Und glauben Sie ja nicht, dass ich sowas wie Reue fühle. Reue, Schuld ... die reinste Scheiße! Ein Sumpf, der dich runter zieht, bis dir die Luft wegbleibt und das letzte Quäntchen Lebenssaft raus ist. Ausspucken, immer nur ausspucken das bittersüße Moralin der Schuld! Du bist, der du warst, und wirst es bleiben. Wozu sich mit der Fratze des Lächelns wappnen, wenn man auf die Straße tritt? Sich auf die Brust schlagen? Sich ein Reuebekenntnis abquetschen? Vielleicht noch auf dem Sterbebett eine lasche Abbitte runterröcheln? Das wär ja gerade so, als wenn ein ausgepumpter alter Knacker noch mal seinen Hängeschwanz hochkriegen wollte und in den Puff der Vetteln schlappt, die sich mit ihren gichtkrummen Griffeln längst um den Verstand gefingert haben.»

Je länger ich ihm zuhörte, um so klarer wurde mir, dass ich das Buch nun schreiben würde.

Über ein Jahr lang hatte ich Ramón Schrott, von dessen Schicksal ich durch Zufall erfuhr, bedrängt und ihm beschworen, mir seine Erinnerungen anzuvertrauen. Über ein Jahr lang hatte er sich beharrlich geweigert. Er habe seine Geschichte schon einmal erzählt, darum habe sein Leben die unberührte Frische des Erinnerns verloren. Auch wolle er sich kein zweites Mal einer quälenden Selbstkonfrontation unterziehen. So bedurfte es meiner ganzen Überredungskunst, um jenes Gespräch zustande zu bringen, das wir in einer Cafeteria im Zentrum von Bogotá führten.

Das Lächeln von Ramón Schrott schafft ein gewisses Vertrauen und mindert das Gefühl, gleich etwas völlig Unbegreiflichem zu begegnen. Es ist das Lächeln eines ruhigen Jungen mit ebenso großen wie harmlosen Kaninchenzähnen. Und Schrott lächelt ständig, als wollte er sich so vor dem Regen schützen, der an den grauen Nachmittagen Bogotás unaufhörlich auf die Stadt herunterrieselt. Seine flinken Hände unterstreichen Worte, akzentuieren Fakten, heben Begebenheiten heraus, in denen sich die Wahrheit des Geschehenen entschlüsselt. Aus seinen Augen blitzt die Kraft der Überzeugung. Schrott redet langsam. Die Unrast des von bösen Nachrichten Gehetzten ist ihm fremd. Von Zeit zu Zeit nippt er an seiner Limonade, schüchtern, ängstlich fast, als würde er mit dem Fahrrad durch die Straßen flitzen, die er auf seinen langen Streifzügen nach verwertbarem Müll täglich abklappert. Und nichts kann den Fluss der Erinnerungen hemmen. Die Distanz ist eine gerade Linie, die sich längs der Pfade des Grauens in den Elendskreis der Gegenwart herüberzieht. Ramón Schrott wird diese Distanz noch einmal zurücklegen, wird hinabtauchen in eine schauerliche Vergangenheit und den Faden seiner unabgeschlossenen Geschichte wiederaufgreifen. Und mit seiner Stimme werde ich sie erzählen, die Geschichte des heute Neunzehnjährigen, die Geschichte von seinem sechsten bis zu seinem dreizehnten Lebensjahr.

«Sie haben meine Erinnerungen aufgestachelt, jetzt müssen Sie meine Erinnerungen auch niederschreiben. Ich hoffe nur, dass Ihr Verstand und Ihr Gewissen dabei nicht irre werden», sagte er. Ich sei nicht gekommen, den Richter zu spielen, erwiderte ich. Schrott schien erleichtert. Bald saßen wir in lockerer, persönlicher Atmosphäre zusammen, ich begann mitzuschreiben und ließ mir selbst das unscheinbarste Detail nicht entgehen. Es war ein Gespräch ohne Klippen, ohne Vorbehalte und ohne Enttäuschungen. Der erzählte, war ein Mensch.

Eins

Aus meinem sechsten Lebensjahr ist mir das gelbe, sommersprossige Gesicht eines Knaben in Erinnerung, der Ananías hieß. Er gehörte der Besitzerin der Mietskaserne, in der wir damals wohnten. Ananías pennte im hintersten Winkel des Hauses, in einer Art Hühnerstall, und trottelte, immer zufrieden, zwischen den Hühnern und der Kacke herum. Die Decke reichte ihm gerade bis zu den krummgewachsenen Beinen, als Kissen benutzte er einen Sack, der mit Erde gefüllt war. Wenn er um sechs in der Früh aufwachte, schlug das verdammte Federvieh einen Höllenkrach, und Ananías konnte es nicht lassen, mit seiner kreischenden Stimme bis zum Gehtnichtmehr mitzukrächzen. Die Hühner begleiteten ihn durch den Tag, für jedes hatte er einen Namen, und den lallte er vor sich her, wenn es über ihn kam. Er lief meistens mit hängendem Kopf rum, nicht weil er bucklig gewesen wäre, nein, sondern weil er den Boden nach Schaben und Maiskörnern, nach Würmern und Tausendfüßlern absuchte, die er dann mit den Fingernägeln aus der feuchten Erde puhlte und seinen Viechern zum Fraß vorwarf. Er hatte ein scharfes Auge und wurde schnell fündig, aber er kriegte dabei einen Blick, als wollte er dich mit der Nase aufpicken. Ananías war freilich alles andere als ein wilder Knabe. Er war in Ordnung, halt ein bisschen zurückgeblieben, lebte in einer Welt abseits der Worte, die nur er in seinem endlosen Gesabber verstand. Um die anderen Jungs machte er einen großen Bogen, weil sie ihn quälten, ihm das Dasein vergrätzten. Im Viertel Las Colinas kannte ihn jeder. Ananías sammelte auf den Straßen und Müllhalden allerhand Klumpatsch, den er an einen Lumpenhändler im Viertel verscherbelte. Wenn er dann allein war, zählte er das Geld, er wusste nie, wieviel er in Händen hatte. Er fläzte sich bäuchlings in den Kot, fummelte an den zu Türmchen gestapelten Münzen und ließ sich wegtragen von seinen Gedanken. Die Hühner flatterten über ihn drüber, bepickten ihn, bekackten ihn. Da schlugen wir zu. Mein Bruder Miguel und ich platzten in den Hühnerhof, warfen Steine nach den Viechern, scheuchten sie in alle Richtungen auseinander. Ananías fuhr hoch. Er kapierte nicht, was vor sich ging, und während er, selber zu Tode erschreckt, seine Tierchen zu beruhigen versuchte, klauten wir ihm sein ganzes Geld. Das Stieleis und die Schleckereien, die wir uns davon kauften, schmeckten herrlich. Ananías das Leben vergällen, ihn zetern hören wie eine Glucke, das war immer ein Heidenspaß für uns. In diesem Haus bin ich auf die Welt gekommen, hat meine Mama gesagt, aber die Beine gespreizt und rausgepresst hat sie mich im Spital von La Hortúa.

Soweit ich zurückdenken kann, hat mein Leben immer um Müll und Blut gekreist.

Um Müll, weil sich schon meine Mutter mit dem An- und Verkauf von Flaschen und Altpapier verdingte. «Kaufe Flaschen und Altpapier», rief sie, wenn sie ihren stämmigen Körper durch die Straßen schob, mit ihrer hohen, nie schrillen Stimme. 43 voll ausgelebte Jahre hat sie jetzt auf dem Buckel. Als ich mit meinem Bruder Nelson nach Medellín abhaute, war sie christliche 33. Klar, damals war sie besser in Schuss als heute, kräftiger, lebensfrischer. Kletterte täglich mehrere hundert Stockwerke hoch und schulterte hundert bis hundertzwanzig Pfund schwere Lasten. Eine starke Frau, meine Mama, und zu uns Kindern immer ausgesprochen sanft und nett.

Und es ging immer um Blut, weil ich es von klein auf fließen sah. Dass Leute verbluteten, gehörte zu unserem Job, es war die fatale Folge unseres Gewerbes. Weil wir überleben, uns das Dasein vergolden, in die Welt der Erwachsenen aufsteigen wollten, vergossen wir mit zielsicherer Kinderhand das Blut der anderen. Ohne den leisesten Kälteschauer eines Schuldgefühls vergossen wir Ausschussblut, das in den Kloaken von Medellín versickerte. Aber dann floss auch mein Blut, das Blut meines Bruders, gefräßig kroch es mir über die schlotternden Beine, und meine ohnmächtigen Hände vermochten es nicht zu stillen.

Ich bin durch und durch aus demselben Stoff gestrickt, innen wie außen Fell eines brünstigen Hengstes, Balg eines ausgehungerten Alligators, der in der Gluthitze des Nachmittags auf fette Beute lauert, das Hirn in eine Senkgrube der Lüsternheit und verborgenen Begierden verwandelt. Mit sicherer Hand hat uns das Leben wie Kieselsteine in ein Gekröse von Blut und Müll hineingeschleudert. Und nichts hat uns aufgehalten, nichts sich der Lawine des Lebens entgegengestemmt. Eines jeden Lebensbahn ist mit weißer Kreide auf einem schwarzen Brett vorgezeichnet. Vorgezeichnet von fremder Hand, wie ja auch die Dinge, die uns zustoßen, immer von fremden Füßen losgetreten werden und dann kübelweise als Scheiße auf uns herabprasseln. Man bettet sich darin, wie man kann. Oder ist es dem Schoßhündchen nicht schnurz, aus welcher Hand es die Milch schlabbert? Ein Kind ist eine wehrlose Fliege, die jeder herunterholen, der jeder die Flügel kappen und irgendwohin schnippen kann. Eine immer rollende Murmel, angestoßen von fremder Hand, eine Glaskugel, die sich zukunftsschwer im Dunkeln dreht.

Aus meiner Kindheit erinnere ich eine Welt von engen, düsteren Mietskasernen. Jedem war darin sein Plätzchen zugewiesen. Mein Alter schnarchte mit vier Kleinen, meinen

Geschwistern, in einem Doppelbett. Mein Bruder Manuel und ich pennten mit unserer Mama auf einer schmalen Pritsche, angeklammert an ihren warmen Leib. Die schrundigen, immer feuchten Wände waren kahl. Wir waren selber die Bilder, die den Raum schmückten, verzauberten uns in der Phantasie des Spiels in die nicht vorhandenen Möbel. Einer säulte sich zur Stehlampe, das Licht knipsten wir an seinem Pimmel an; ein anderer plattete sich auf den Boden und sagte, ich bin der Esstisch, das Wasser, das wir ihm über den Bauch schütteten, war die Tagessuppe; und die drei anderen pflanzten sich nebeneinander auf, schlossen die Augen und streckten die Arme vor, noble Herrendiener, über die wir die Klamotten hängten. Wir hatten auch einen Schwarzweißfernseher mit Zwanzig-Zoll-Bildschirm und einen kleinen Radiorekorder - falsch, es war kein Rekorder, sondern eine Musiktruhe. Dann gab es noch eine Holzkiste für die Wäsche und einen Kochherd. Nichts Wertvolles, nichts Stehlenswertes. In der ersten Mietskaserne wohnten wir auf zwei Zimmern im zweiten Stock. Das eine diente als Küche, das andere als der Käfig, in dem wir unsere Tage verbrachten. Als Kind will einer raus aus der Bude, will die Luft der Straße atmen, laufen, rumtollen, Schabernack treiben und sich alle möglichen Spiele ausdenken, will lachen, wenn er den Bruder verkloppt, und heulen, wenn der Bruder ihn verkloppt, will die Prügel der Eltern vergessen und laufen und schwitzen und stänkern, bis zum Arsch im Schlamm waten, drei Tage lang kein Bad nehmen, in rastloser Hatz die Natternbrut der Angst aus der Seele jagen. Als Kind stillsitzen müssen, das ist, wie wenn man zum Zombie gemacht wird, wie wenn man im Knastloch hockt und mit der Zeit zu einer rissigen, weißen Wand versteinert. In der Nacht duselst du dann mit weitgeöffneten Augen, um die entsetzlichen Albträume abzuwehren, und in der Früh kriechst du pissnass aus dem Bett, der Schelte, der

Dresche, des Tritts in den Arsch gewärtig, mit dem sie dich in den neuen Tag reinschicken.

Ein Kind kann ja nicht Löcher in die Decke glotzen oder seine Pupillen mit Plastilin an die Fensterscheibe kleben. Ein Kind, das will gucken, damit die Dinge nicht anwachsen an ihrem scheinbar so unverrückbaren Platz. Es geht nicht darum, die Nachbarn zu schrecken, Zwergelefanten und Riesenhunde aus billigem Porzellan zu zerschlagen. Ein Kind, das hat doch nicht bei jeder Augendrehung eine Bosheit im Sinn, das linst bloß nach einer Gelegenheit für den gesunden Spaß. Bosheit, das ist nur der hurenverfickte Zufall, der dem Schlag der Hand, dem Tritt des Schuhs ein schwachbrüstiges Möbelstück in den Weg stellt. Eine heimtückische Falle, die zuschnappt, wenn unbekümmerte Kindesbeine vorbeiwetzen. Klar hat so ein Matz auch allerhand Bosheiten auf Lager, die er im richtigen Moment auspackt, um sich nachher totzulachen. Bei uns aber herrschte immer derselbe Trott, ein Tag war so grau und öd wie der letzte und der nächste. Ich kann mich nicht erinnern, dass wir mal ins Kino um die Ecke gegangen wären, einen Ausflug gemacht oder im Park Papas chorriadas gekauft hätten. Die Welt, in die wir reinglotzten, war die Welt des Quartiers, der vier Wände mit all dem Mief, der sich in den Jahren darin abgelagert hatte, den Hunderten von Motten, die um eine fahlgelbe Glühbirne schwirbelten, der Feuchtigkeit, die sich in die Mauern reinsog und uns den Schimmel zwischen die Knochen trieb.

Lola, meine älteste Schwester, sie muss damals um die zwölf gewesen sein, ging vormittags zur Schule und passte am Nachmittag auf uns Kleine auf. Bevor meine Mama in aller Hergottsfrüh loszog, richtete sie uns die Aguapanela, das Brot und das Rührei. Aufgetischt kriegten wir das Frühstück von Lola, die auch Katzenwäsche bei uns machte und uns in frische Kleider steckte. Dann schauten wir in den Tag rein, eingemottet in tödliche Langeweile, matt von den endlosen Stunden, in denen nichts geschah und nicht die kleinste Abwechslung auf uns wartete. Die Zeit war wie in einem Käfig gefangen. Ein Jahr in meiner Kindheit, das dauerte so lange, wie ein uralter Baum braucht, bis ihm ein meterlanger Farnbart gewachsen ist.

Mein Vater war ein Typ der besonderen Art. Soff und lebte nur für sich. Er war sich selbst ein Fremder, die Vergangenheit hockte ihm wie ein feixendes Gespenst im Nacken. Zeitig in der Früh brach er zu seinem Maurerjob auf, spätabends wankte er meist sturzbetrunken nach Hause. Er hat nie gefragt, wie es uns geht. Seine dumpfe Einsamkeit fraß ihn stückchenweise auf. Er machte den Eindruck, als würde er aus allen Poren Eiter rotzen. Hatte auch immer ein Taschentuch vorm Mund, als wenn er permanent kotzen wollte. Damit er bei Tisch nicht mit uns reden musste, aß er hastig, nahm große Brocken, stopfte rein, was Platz fand zwischen den Hamsterbacken. Wenn er an seinen Schuhen nestelte, brauchte er eine Ewigkeit, als wenn er die Schnürsenkel nie mehr loslassen wollte. Ertappten wir ihn dabei, starrte er uns mit fremden Augen wie aus unerreichbarer Ferne an. Schnalzte er mit der Zunge und biss sich auf die Lippen, damit kein Wort die Maulsperre passieren konnte. Latschte im Zimmer auf und ab, den Blick in seiner Hurenwelt verloren, in der wir Kinder nicht existierten. Wenn er in der Nacht antorkelte - eine wandelnde Zapfsäule, die jeden Moment in Flammen aufgehen konnte - platschte er wie ein ausgehungerter Piranha ins Bett und rasselte bis zum nächsten Morgen durch. In der ganzen Bude verbreitete sich ein alkoholgesättigter Gestank, und sein kolossales Geschnarche ließ uns kein Auge zutun. Reden konnte er nur, wenn er seinen hurenverfickten Schluckauf kriegte. Da warf und ruckte es ihn, dass er einem fast leid tun konnte. Wir sollten ihn erschrecken, brüllte er, und erschreckten wir ihn, brabbelte er einen Fluch auf uns fünf Brüder nieder, immer noch vom Schluckauf gebeutelt, der ihm den Magen wie ein Zirkuszelt nach oben quetschte. Dann schrie er nach Wasser, und wir brachten ihm zwei Töpfe voll, die er gierig in sein saublödes Spundloch reinkippte. Aber das Wasser half ebensowenig wie die Tasse Zucker, die er nachschüttete. Am Ende zog er sich die Decke über den Kopf, dann sah er endgültig wie das Häuflein Elend aus, das er im Grunde genommen war. Ein Batzen Scheiße war er, den die Natur irrtümlich mit zwei Beinen versehen hatte, ein Fleischklumpen, gefangen im Spinngewebe seiner dreckigen Phantasie. Hass ist Kindern fremd, ein Kind in seiner Unschuld kennt keinen Hass. Ich aber hatte die Lektion früh gelernt. Wenn er mich ab und zu um einen Gefallen bat - natürlich hat er nicht gebeten, sondern geblafft -, dann machte ich auf der Stelle kehrt und rannte wie vom Teufel geritten fort. Auf der Straße fing ich zu heulen an, wie eine Glucke, wie der doofe Ananías.

Ich nehme Gift drauf, dass mein Vater mich und meine Geschwister in einer seiner erinnerungslosen Rauschnächte gezeugt hat. Mit seiner rohen, von der Furie des Alkohols aufgepeitschten Männlichkeit ist er zur Pritsche meiner Mama gewankt, hat sich an ihre warmen Brüste gewühlt und mit seiner verstunkenen, luststummen Gewalt in einen Körper reingehämpert, den sie ihm ohne Widerstand überließ. Er hat seinen Rotz in ihren Unterleib gespritzt und uns ins Leben gesetzt. Meiner Mama blieb nur, sich mit ihrer Traurigkeit unter der Bettdecke zu verkriechen und zuzusehen, wie ihr Bauch anschwoll, eine rauchgeblähte Kröte, die unter einer plärrenden Mittagssonne zerplatzen würde.

Die Ehe meiner Eltern war die reinste Hölle. Wenn sie sich gerade mal nicht in den Haaren lagen, herrschte frostiges Schweigen. Da schaute einer durch den andern durch, im besten Fall an ihm vorbei. Sie schliefen in getrennten Betten, die so weit wie zwei Fixsterne voneinander entfernt standen. Meine Mama hatte immer ein Ohr für uns; sie lauschte aufmerksam unseren Klagen und tröstete uns mit ihrer apfelzarten Stimme über allen Kummer hinweg. Sie hatte eine unendliche Geduld mit ihren sechs Kindern, wir machten ständig einen Heidenkrawall und ließen sie nicht zur Ruhe kommen. Aber sie brauchte nicht zu schimpfen, ihr erhobener Zeigefinger genügte, und schon war kein Mucks mehr zu hören. Klar, ab und zu brachten wir sie schon mal auf die Palme. Wenn sie von der Straße kam, mit diesem Müllgeruch, der sich von ihren Händen und Kleidern nie löste, obwohl sie täglich ein Bad nahm und frische Wäsche anzog - wenn sie von der Straße kam, ließ sie uns in einer Reihe antreten und hätschelte ein jedes auf besondere Weise: streichelte dem einen den Kopf, küsste dem anderen die Hände, drückte diesen in inniger Umarmung an sich, flüsterte jenem so schöne und liebe Worte zu. Sie verrenkte sich geradezu vor lauter Liebkosungen, und immer entfuhr ihr ein leiser Seufzer.

Meine Mama rackerte wie ein Pferd, um uns durchs Leben zu füttern. Mein Vater naschte kräftig mit. Sie streckte ihm jeden Tag ein paar Piepen für den Bus hin, damit der Herr des Hauses seine dämlichen Quanten schonen konnte. Er quittierte es ohne Dank, nahm brummelnd die Moneten, schob sie in die Hintertasche und verdrückte sich mit seinem gottverfluchten Schweigen auf die Straße - ein elender Hundsknochen, den das Leben zwar geprügelt, aber statt mit Schamgefühl nur mit einer Kelle ausgerüstet hatte, um ohne irre zu werden Tag für Tag irgendeine stumme Wand zu bewerfen. Meine Mama, die rückte frühmorgens sechs zur Arbeit aus. Als helfende Hand hatte sie immer einen meiner Brüder dabei. Auch fünf Säcke für die Kartoffeln und eine Rolle Pitaschnur fuhren ständig mit auf dem Rollkarren, einem Gefährt aus zusammengezimmerten Brettern, das sie in mühsamem Trott hinter sich herzog. Sie peilte die reichen Viertel im Norden der Stadt an, die Hundertste, Chapinero, Normandía, Niza und wie sie alle heißen. «Kaufe Flaschen und Altpapier», rief sie mit ihrer spitzen, aber nie schrillen oder gar krakeelenden Stimme. Die Leute sollten sie eben hören und aufmachen, wenn sie die Klingeltasten drückte. 1000 bis 2000 Pesos am Tag erwirtschaftete meine Mama zu der Zeit. Sie klabasterte sämtliche Straßen ab, ruckelte kreuz und quer durch die Stadt. Dann steuerte sie ins Zentrum, wo sie die Sachen verhökerte. Tagein tagaus dieselbe Schufterei. Den Schweiß verbarg sie hinter dem Lächeln, das sich über ihr Gesicht legte, wenn sie abends den Heimweg antrat, mit Dingen beladen, die ihr gut situierte Bürgersgattinnen geschenkt hatten. Da haben Sie ein altes Kleidchen für Ihre Kinder, da haben Sie diese alten Schuhe, nehmen Sie doch auch ... Dann trottete sie an, mit Obst, Brot, Kleidern, Schuhen und dem Ertrag aus ihrem Flaschen- und Altpapiergeschäft. Damit hatten wir unser Auskommen für den nächsten Tag. Mein Vater dagegen, wenn der am Freitag seinen Zweiwochenlohn kassierte, dann tauchte er für die nächsten drei Tage ab und schwamm erst am Montag Nachmittag wieder an, mit geröteten Augenlidern, ohne einen Peso in der Tasche, dafür aber mit einem brüllenden Hunger in seinem nimmersatten Magen. Schweigsam wie immer schob er rein in die Bude, bleich, fahl, wächsern, als wenn er jeden Augenblick seine Eingeweide über die Dreitageskluft kotzen würde. Eine Erklärung für sein Wegbleiben blieb er schuldig. Und meine Mama packte der Rappel. Als hätte sie einen aufgestocherten

Ameisenhaufen unter der Haut, fuchtelte sie herum, stürzte sich schließlich auf meinen Vater und drosch wie von Sinnen auf ihn ein. Der gab ihr zurück, würgte sie, schlug sie, bis das Blut spritzte - Bilder, die sich einem Kind tief ins Gedächtnis graben, die nie mehr rausgehen: die Maurerfaust mit der rohen Gewalt des Hasses in das Gesicht meiner Mutter geknallt; die Fingernagelspuren meiner Mutter in der zement- und sandgegerbten Visage meines Vaters; der Kniestoß in ihren dicken Bauch, gekontert von einem Fußtritt in seine Eier. Beide verbeißen sich den Schmerz. Dann die hemmungslosen Schimpftiraden, gefolgt von einem Rattenschwanz übelster Beschimpfungen. Schlampe, Luder, Missgeburt, Arschgeburt einer Hinterhofnutte, Drecksfotze, drittklassige Hure, böllerte es aus dem Maul meines Vaters. Und meine Mama, sonst nie um ein Wort verlegen, meine Mama, die verstummte, die nur lachte über seine Schmähungen, die sich aus Rücksicht auf uns verkniff, es ihm mit gleicher Münze heimzuzahlen. Ich weiß, sie hätte zerspringen wollen vor Verzweiflung, zerplatzen wie ein Autoreifen, heulen über die ganze Scheiße, die der Drecksbolzen von meinem Vater in ihr Leben gepflatscht hatte. Aber sie schluckte nur, schluckte ihn hinunter, den Groll auf ihr elendes Leben.

Wir Kinder versuchten sie zu trennen. Lola und César krallten sich an Mamas Rock; Nelson, Manuel, Danilo und ich krallten uns an Vaters Hosen. Sechs schwuchtelige Englein, die Rotz und Wasser heulten, die wimmerten wie in die Enge getriebene Ratten, weil sie den Weltuntergang gekommen glaubten, die Vater und Mutter anflehten, sie sollten aufhören, auseinandergehen, sich schlafen legen und einander nicht mehr hassen. Ohnmächtige Schreie gegen die Raserei zweier in ihrem Elend gefangener Menschen. Irgendwann ließen sie voneinander ab, nicht wegen unserem Geflenne, wie man glauben könnte, sondern weil sie mit ihren Kräften am Ende waren. Mein Vater, erhabene Miene, grimmiger Blick, verpisste sich nach draußen und kam erst am Abend oder tags darauf wieder angeschlurrt, guter Dinge, pfeifend, den zerdrückten Verpackungskarton von einem kalten Huhn unterm Arm. Dann bunkerte er sich wie immer in seiner Stummheit ein. Für ein, zwei Wochen war Feuerpause. Nur verächtliches Schweigen.

Ein normales Leben haben sie nie geführt. Eine kurze Umarmung, eine kleine Zärtlichkeit, ein Willkommensküsschen, freundliche Worte, des anderen Hand nehmen bei Tisch, eine Gute Nacht vor dem Schlafengehen - das hat es bei uns nicht gegeben. Wie die Maus in der Falle, die Maus am vergifteten Köder, so sitzen diese Kindheitserinnerungen in meinem Schädel fest. Die Augen erstarrt im Blick auf das Gedächtnis, die Madenbrut der Erinnerungen.

Mein Bruder Nelson und ich, wir zogen eine Lachnummer nach der anderen ab. Nicht weil wir üble Strolche gewesen wären, nein. Wir lachten um des Lachens willen, lachten, damit das Lachen aus uns raussprudelte. Es war ein herzerfrischendes Lachen, ohne Häme und Schadenfreude, ohne giftige Eidechsen oder hassgeblähte Kröten. Wir spielten, wer den anderen überlachen konnte. Das Lachen koppelte uns zusammen, es verbrüderte uns. Ich verwandelte mich dabei in Nelsons Schatten, in sein komplizenhaftes Kleinbruderschätt-chen. Und ich war ein Schatten, der sich nicht ums Verrecken von seinem Körper, seinen Gesten, seinem zähnestrahlenden Lachen löste. Ich war sein wahrer Schatten, nicht sein Lügenschatten. Treu bis zum letzten Kehlstoß des Lachens, das zu den schönsten Dingen gehörte in jener öden Leere der Mietskasernenzimmer, die das Gefängnis unserer Kindheit war.

Nelson war mir sehr ähnlich, bloß weniger hübsch als ich, aber ansonsten zum Verwechseln ähnlich. Ein richtiges Spitzbubengesicht hatte er, das er nie hinter einer Maske versteckte. Er war blond wie ich, hatte ein Pferdegebiss wie ich, und war schon als kleiner Matz ein bulliges Jungchen. Wenn er die Gören verschrecken wollte, ließ er ordinäre Geschichten vom Stapel. Ein Teufelskerl, der sich am Schleier der heiligen Jungfrau den Rotz abwischte. Lola verplättete er ebenso wie die anderen Geschwister, nur für mich schien er so was wie Bruderliebe zu empfinden. Was nicht heißen soll, dass er nicht wenigstens einmal am Tag ein paar Tränen aus mir herausklopfte. Aber ich war sein Lebensbruder, er wusste, dass ich sein Lachen wie ein Resonanzkörper verstärkte.

Nelson kam gern nach Torschluss heim, meine Mutter kriegte jedes Mal einen Anfall. Es setzte Hiebe, aber er gab keinen Pieps von sich, wortlos cool steckte er jeden Schlag ein. Am nächsten Tag tigerte er wieder los, frei von Schuldgefühlen und tuntigen Gewissensbissen. Die Schule schwänzte er nach Lust und Laune. Hab sowieso nichts verloren in diesem Laden, ich lern lieber auf der Straße, wo's Spaß macht und wo ich frei wie der Vogel bin, keifte er unter Gelächter zurück, wenn ihn die Lehrerin wegen Zuspätkommens nicht in die Klasse ließ. Nach jedem Verweis blieb er dem Unterricht oft eine Woche lang fern. Verflüchtigte sich wie Sickerwasser. Und das Schlimme für mich war, dass ich ihm nie entlocken konnte, wo er sich herumtrieb. Er solle mir doch erzählen von seinen Abenteuern, bettelte ich, lockte mit Geld, mit meiner Essensration für die nächsten drei Tage, mit meiner Plastikmännchensammlung, versprach, ihm bei den Hausaufgaben zu helfen, obwohl er mir ein Jahr voraus war. Aber Nelson, grausam zu seinem Schatten, presste nur die Lippen aufeinander. Er verbiss sich das Lachen und schwieg wie ein Panzerschrank.

Ich wusste, dass er allerhand Flausen im Kopf hatte. Dass er gern herumstrolchte, gern an die Spielautomaten ranging. Dass er ein vernarrter Fußballer war und um jeden Ball kämpfte. Nelson war mein Held, das große Vorbild, dem ich blind nacheiferte. In der ersten Klasse blieb er sitzen. Er wiederholte das Jahr und schaffte es gemeinsam mit mir; in der zweiten blieb er wieder sitzen, während ich um Haaresbreite versetzt wurde; dann kam er in die dritte und ich in die vierte. Und in diesem verfluchten vierten Schuljahr bin auch ich hängengeblieben.

Ich war ein recht aufgeweckter Schüler, darum wollte meine Mutter auch nicht, dass wir die Aufgaben im selben Raum machten. Wenn wir nämlich zusammenhockten, waren wir die totale Pleite. Die Schule war toll, aber die Lehrerinnen gingen mir fürchterlich auf den Geist, hysterische Schreckschrauben waren das, die einen manchmal wie einen räudigen Esel vor der ganzen Klasse hinstellten. Die Lehrer haben mir besser gefallen. Ich hatte einen Neger als Freund, einen glatthaarigen, mit dem ich Fußball spielte. Ein Ballkünstler, der das Leder wie mit den Händen führte. Und lachen konnte er so herzhaft wie Nelson und ich. Drum war er auch mein Freund.

Von zu Hause getürmt sind wir ohne Vorbedacht. Es war wegen der schlechten Noten. Meine Mama vertrimmte uns, als sie das Zensurenheft in die Hände bekam. Am Tag, wo sie die Zensuren verteilten, hatten wir's ihr verschwiegen. Die Dresche würden wir noch früh genug kriegen. Dann aber ging sie in die Schule. Warum sie erst jetzt käme, wo wir beide das Schuljahr schon verloren hätten, fragten die Lehrer. Sie prügelte uns windelweich. Danach verkrümelten wir uns auf die Straße, unsere Beine waren mit blauen Flecken übersät. Und was jetzt? fragte Nelson. Weiß auch nicht, sagte ich. Ich hätte gern wie aus der Pistole geschossen geantwortet, aber schnelle Antworten waren nicht meine Stärke. Außerdem hatte ich es gern, wenn er für mich dachte, wenn er beschloss, wo es langging. Komm, wir laufen zur Caracas, sagte Nelson. Und nach einer Weile mit grüblerischer Miene: Wir sollten uns überhaupt loseisen von dieser Scheißstadt, von diesem Scheißleben. Seine Augen flackerten, als er die Wahnidee aussprach. Und so geschah es. Er, knapp zwölf, und ich, noch keine neun, machten von heute auf morgen die Straße zu unserer Welt.

Zwei

«Drei Blicke habe ich mitgenommen», sagte Ramón Schrott, «von der Reise, die meinen Bruder Nelson und mich nach Medellín führte ... Drei Blicke ...», wiederholte er nachdenklich, als würde er, als müsste er die Schlüsselmomente seines Lebens mit einem Messer aus sich herausschälen. Und er spreizte drei Finger der Rechten, um diese Blicke aufzuzählen und zu bekräftigen.

Ramón Schrott schaukelte in der Hängematte aus Nicaragua, die ich in meinem Wohnzimmer aufgespannt hatte. Während seine Gedanken hin und her gingen, wiegte er seine neun Monate alte Tochter in den Armen. Sie war blond wie er und hatte die blauen Augen seiner Frau. In ihrem Gesicht strahlte das Lächeln des Vaters.

«Taranteln, Riesenspinnen, fielen auf die Straße, in Schwärmen, die wie ziellos durchs Land irrten. Und wir fingen an, sie zu necken. Der Penner Palogrande, mein Bruder Nelson und ich nahmen jeder einen dünnen Stock, suchten uns eine Tarantel aus und gaben ihr einen Namen. Ratte, Kakerlak, Mistkäfer. Meine hieß Ratte, weil sie so samtig war, so fleischig und sattgrau, das Luder. Wir schlossen Phantasiewetten ab, dann ließ jeder sein Tierchen auf das Stockende klettern und stachelte es auf, damit es schneller krabbelte. Der Penner Palogrande brüllte, mein Bruder Nelson verzog wie gewohnt keine Miene, und mir ging die Muffe. Bibbernd vor Angst liege ich auf dem Boden und starre in die Augen der Tarantel, die mit tödlichem Blick herangekrochen kommt. Das war der erste Blick», sagte Ramón Schrott und strich das weiche Haar seiner Tochter glatt.

«Der zweite Blick», sagte Ramón Schrott in scheuem Flüsterton, «war der Blick des Meeres von Cartagena. Das Meer hat viele Blicke, und es lässt sie mit den Wellen reiten. Bruder, wisperte ich Nelson ins Ohr, ich spür, wie mich die Wellen angucken. Waste nich sagst! höhnte mein Bruder, packte mich am Hals und drückte mir mein Stehhaar nieder. Hast ne verdammt hurenverfickte Phantasie, Ramón Schrott. Probier doch mal sone Welle zu klemmen, möcht auch gern mal der ihren Blick sehn! Die fünf der Bande, Luisito, der Pastuso, Braulio, Nelson und ich sahen an diesem Nachmittag den durchsichtigen Blick einer eingefangenen Welle, die verängstigt aus ihrem Kessel ausbrechen wollte.»

«Den dritten Blick», sagte Ramón Schrott, «hätte ich gerne aus dem Gedächtnis gelöscht, um mein Vergessen zu retten. Es ist der Blick meines sterbenden Bruders, der Blick eines Lebens, das verebbt wie die flüchtigen Wellen...» Jetzt weinte er. Er solle mir seine Tochter zu halten geben, sagte ich, während er sich die Tränen wischte. Aus Instinkt oder Rücksicht - ich hatte Zweifel an der ersten Version seiner Geschichte - unterließ ich es, nach dem vierten Blick zu fragen, der wohl immer noch in ihm schwärte: den Blick der Paisa, die um ihr Leben fleht, während Ramón Schrott in blinder Wut auf sie einsticht...

Als Flucht in die Freiheit bezeichnet Ramón Schrott die Reise nach Medellín. Es war ein Aufbruch, der wie Regen aus heiterem Himmel kam. Plötzlich hieß es, nach vorne schauen und gehen, gehen und nach den Wolken haschen, ehe sie sich verflüchtigen am fernen Horizont. Jeder Augenblick in einen Spiegel des nächsten verwandelt, Begebenheiten, die sich an Begebenheiten reihen. Reisen, um die Augen offen zu halten, so offen, dass selbst die Nacht die Konturen ihrer Geheimnisse nicht verbergen kann... «Das Reisen dient dazu», sagte er, «die Erinnerungen einzukäschern, sie dann abzurufen, um sich das Gefühl, dass man sie erlebt hat, noch einmal zu vergegenwärtigen. Danach bleiben sie im Gedächtnis verborgen.»

Wir aßen gemeinsam zu Mittag. Fürsorglich gab er seiner Tochter das Fläschchen. Ich schlug vor, das nächste Gespräch in zwei Wochen zu führen, um dann die letzte Version seiner Geschichte zum Abschluss zu bringen. «Sie melden sich einfach», meinte er, « und wir machen was aus.»

Die Straße ist wie ein Lutscher, den man an der Ecke kriegt, dachte ich mit meinen kaum neun Jahren. Hingehen, sich ihn abholen und in den Mund stecken - kinderleicht. Und ich wollte die Straße kennen lernen, wollte weg von meiner Mutter mit ihren ewigen gutgemeinten Ratschlägen und Mahnungen. Für Nelson war die Straße längst zum Leben geworden. Er hatte sie zu dem Ort gemacht, wo er sich seine Kindheitsträume erfüllen konnte. Brüderchen Schrott, sagte er, meine Träume liegen auf der Straße wie die Muscheln im Meer, und ich werd sie mir holen, mit all den Geheimnissen, die darin verborgen sind. Mein knapp zwölf Jahre alter Bruder Nelson, den Kopf voller Vogelgezwitscher und zu jeder Gefahr bereit, um rechtzeitig auf die andere Seite zu kommen, hatte die Angst vor der Straße längst verloren, hatte sie bissenweise aufgefressen in den Nächten, wo er ausgesperrt geblieben war. Er hatte genug Mumm in den Knochen und genug Saft in den Adern, um in der Gosse zu bestehen. Er kriegte keine Manschetten, wenn er die verdächtigen Schatten sah, die wie mörderische Gespenster durch die Stadt huschten. Er wusste auch, wie er es anzustellen hatte, um an Essen ranzukommen. Nelson kannte die Schwäche der Menschen, die nach drei geheuchelten Tränen in Rührseligkeit verfallen. Er kratzte bei jedem, der ihm eine halbe Minute lang zuhörte, die Narben des Mitleids auf, weckte keinen Argwohn, wenn eine gute Seele die Hand in die Hosentasche schob, um uns eine lumpige Münze ans Tageslicht zu ziehen, grauste sich nicht vor Gerüchen und Handbewegungen, wenn wir uns mit Essbarem vollstopften. Hätte Nelson seine Straßenlaufbahn fortgesetzt, hätte er es hundertprozentig zum König der Gosse gebracht. Die ersten zwei Nächte pennten wir im Eingang eines alten Hauses im Zentrum, auf der Jiménez de Quesada, in brüderlich geborgener Umarmung.

Am Vormittag streunten wir durch den Parque de los Periodistas. Ich, sein Komplizenschatten, ständig hinter ihm. Nelson brütete etwas aus, aber ich kam nicht dahinter, was er im Schilde führte. Hatte er gefährliche Absichten oder wollte er mir bloß eine harmlose Überraschung liefern? Erst als er um eine Bank strich wie eine schnurrende Katze, die ein Bein sucht, um sich das Fell zu glätten, erst da kapierte ich, worauf er hinauswollte. Auf der Bank saß ein Penner, hübscher Junge, langes Haar, abstehende Strähnchen, scheue Dicknase, aber Augen wie eine wilde Hornisse. Nelson scharwenzelte um den Knaben rum, wie er es bei meiner Mutter machte, wenn er auf die Straße wollte.

Der Penner ließ die Aussicht fahren, brachte die Geschütze in Stellung und feuerte eine Breitseite ab: Wasn los mit dem Wichser? Schwanzt da rum wie ne übernächtigte Tunte. Wohl 'n Stricher, was? Nelson überhörte die Provokation und ließ einen seiner eisbrechenden Lacher los: Nee, Kleiner, keine Tunte, kein Stricher. Der Penner schielte auf unsere zickigen Klamotten, die so gar nicht danach aussahen, als wenn wir in der Gosse schlafen und vor plärrenden Polizeisirenen türmen würden. Aber dann machte er Licht in seinem Oberstübchen, und jeder von uns schob ein paar Silben über die Lippen. Wir grummelten wie drei Würmer, die ein Stückchen feuchter Erde suchten, um sich einzubuddeln und einander Wärme zu schenken, drei einsame Würmer, die irgendwer aus Rache in die Höhle des Lebens gekippt hat. Der Penner Palogrande, so sein Spitz- und Gossenname, hörte sich quietschvergnügt unser Familiendrama an. Was? Familie habt ihr? fragte er und schlug sich mit der Handfläche auf die Schenkel. Dann stand er auf, ließ einen röhrenden Stinkfurz und brüllte los, lachte sich, ich weiß nicht, ob vor Freude oder aus verschissenem Mitleid, einen baumlangen Ast. Als er fertig war mit seinem hurenverfickten Gelächter, drückte er Nelson an sich. Willkommen in der Gosse, Kumpels! Wir wern uns gemeinsam durchschlagen, ich schwörs euch. Da lachte Nelson, und ich wärmte mich am Lachen meines Bruders.

Und dann platzte Nelson mit der verrückten Idee heraus. Mein Bruder Ramón und ich wollen weg von hier, sagte er, als jagte er traumschwarzen Schmetterlingen hinterher. Wo wollt ihr 'n hin? hakte Palogrande nach, den Mund voller Reste eines kalten Huhns, das ihm am Vorabend zugeflogen war. Medellín, kam die dreisilbige Antwort von Nelson, der seine Schmetterlingsjagd offenbar beendet hatte. Ich hab auch nichts verloren in dieser stinköden Dreckstadt, meinte der Penner Palogrande, während er sich das Fett von seinen schwarzen Fingern leckte. Auf nach Medellín, den Segen des Lebens haben wir! Mit offenem Mund, aber zugleich glücklich wie ein schwangerer Affe starrte ich auf den Sabber, der von seinen Lippen troff. Und wisst ihr was? setzte er nach. Zu Fuß wern wir hinmarschieren! lautete sein Beschluss, gegen den jeder Einspruch zu spät gekommen wäre. Super, Penner, auf nach Medellín! erwiderten Nelson und ich aus vollen Lungen.

Dieser Penner erwies sich als eine endlose Quasselstrippe. Auf Achse sein wäre seine große Leidenschaft, er kenne hundert Städte, wäre immer zu Fuß oder per Anhalter unterwegs, schon an der Karibik, in Cartagena und Santa Marta gewesen. Nelson und ich sahen uns schweigend an. Nicht einen einzigen Kilometer Landstraße hatten wir in den Schuhen. An unseren Sohlen klebte der Staub von Bogotá, der Flugsand seiner Winde, die Ausdünstung seiner Kloaken, und in uns drin steckte eine so knochenbrecherische Kälte, dass einem die Seele zum Eisklumpen gefror.

Ein hagerer, dürrer Junge war er, der Penner Palogrande, klebrig von Kopf bis Fuß, jeder Zoll seines Körpers roch nach Kleber. Wie ein weltenkundiger Fremdenführer hob er den Ellbogen mit dem verklebten Ärmel und rief, los, schmeißen wir uns in den Bus da rein. Und schon schnitten wir wie aufgeschreckte Fische durch den Hintereinstieg. Bei Fontibón sprangen wir raus. Also, ihr Mätze, da vorn, das ist die Straße nach Santa Marta, erklärte er mit mackermäßigem Gehabe. Ein Tagesmarsch, dachte ich. Aber dann sahen wir das Schild, «Medellín 440 km», von Santa Marta war nichts zu lesen. Und wir folgten der Straße, die sich wie eine einsame Schlange dem Horizont entgegenwand.

Jedes Mal, wenn ich an diese Reise denken muss, habe ich das Gefühl, als würde ich am Sporn eines gezausten Kampfhahns würgen. Dort, wo die Autobahn nach Medellín anfängt, ging es richtig los. Wir waren frisch und munter wie aufgeblasene Frösche, die mit trockenen Schenkeln von Stein zu Stein hüpfen. Voller Zuversicht marschierten wir dahin, grölten Radioschnulzen und jauchzten über die Welt, an deren Fersen wir uns geheftet hatten. Wir passierten Mosquera, und die glitzernde Schlangenhaut dehnte sich zu einem immer länger werdenden Schlauch. Als wir in Madrid eintrotteten, war es stockfinster. Wir dösten im Park. Am nächsten Tag zwickte uns der Hunger aus dem Schlaf. Wir rappelten uns hoch, badeten ausgezogen bis auf die Unterhosen im Parkbrunnen, eine Augenweide für die vielen Gaffer, die uns ungeniert zuschauten und sich einen ablachten. In den Restaurants schnorrten wir was zum Futtern. Dann stopften wir uns den Bauch so voll, als würde die Reise in die Ewigkeit führen.

Der Penner Palogrande, der seinen Saft weiß der Teufel wo zapfte, kannte keine Müdigkeit. Kommt, lasst uns Ich-grapsch-dir-ann-Arsch-Kumpel spielen. Nelson war gleich dabei. Der eine rannte los und der andere hinterher, bis er einen Klaps auf den Arsch gekriegt hatte. Dann jagte der Beklapste dem Arsch des andern nach. Grapsch mich doch, ein Klatsch auf den Rücken und ein Känguruhsprung, um den Arsch zu erwischen. Ich spielte nicht mit. Ich wollte mir die Unschuld meines Hintern bewahren, nur keine Schwuchtelgriffe unter die Gürtellinie. Außerdem hing mir die Zunge raus. Ich träumte, dass die Wiesen sich in ein Bett verwandelten, wo ich acht Stunden durchpennen konnte. Zwei Knuffe von hinten stießen mich in die Wirklichkeit zurück. Die handfeste Aufmunterung ließ mich mit offenen Augen und butterweichen Knien weitertrotten.

Abends neun Uhr erreichten wir Sasaima. Seit zwölf Stunden stampften wir nun schon über den Asphalt, jeder Schritt ein Keulenschlag und die Glieder schwer wie ein Sack voller Blei. Die Strecke hatte sich mir längst zu einem höhnischen Grinsen zerdehnt, das mich irre zu machen versuchte. Im Dorf wollte uns kein Schwein was zu beißen geben, es war, als steckte die ganze Bagage unter einer Decke. Alle Obstbuden waren verriegelt. Dann erbarmte sich eine gute Seele und gab uns einen Pott Wasser. Wir schmissen uns in den Park, klammerten uns aneinander und wurden bald von der eisernen Klaue des Schlafs gepackt. Ich träumte von prallen Mandarinen, die zusammengeschnürt an einem großen Haken baumelten. So verzweifelt war ich vor Durst, dass ich sie gar nicht von der Schnur machte, sondern ohne zu pellen mit den Händen auspresste und den Saft durch die Kehle schießen ließ. Der Durst war gestillt, die Müdigkeit war weg. Da verwandelten sich die Mandarinen in die Hängetitten meiner Mama. Und ich lief los, lief das weiße Band der Straße zurück, lief bis nach Bogotá, querte Straße um Straße, klopfte an die Tür, sah, wie meine Schwester Lola aufmachte, stürzte an ihr vorbei ins Zimmer, ins Bett meiner Mama, die nackt war und lächelte und mir ihre Arme entgegenstreckte. Ich wühlte mich an ihren warmen Körper und sank in einen tiefen Schlaf.

Abmarsch war in aller Herrgottsfrüh. Mit Schwung starteten wir in den neuen Tag, nur um uns am Abend auf dem Zahnfleisch ins nächste Dorf zu schleppen. Der Penner Palogrande wollte immerzu Ich-grapsch-dir-ann-Arsch-Kumpel spielen, es machte ihm sichtlich Spaß. Nicht an den Arsch, du Aas, rief Nelson, dem die schwule Grapscherei schon mächtig auf den Keks ging. Mit Wachträumen verschafften wir dem Körper eine Illusion von Rast. Wir träumten, was wir sein wollten, wenn wir mal groß wären, lauter so Flausen, die man im Schädel hat, als wäre der Schädel ein Nest voll flüggegeiler Küken. Flausen, aus denen die Spinne das Netz webt, in dem sie dich in einer schwarzen Nacht erdrosselt. In tausend Kurven und Kehren schlängelt sich die Straße nach Villeta an den hitzestarren Bergen entlang, windigen Serpentinen, geeignet, eine ausgewachsene Ringelnatter in den Wahnsinn zu treiben. Am Straßenrand sichteten wir ein Büschel Bananen, sie waren im Nu verdrückt. Dann gingen wir in die Hocke und legten einen kolossalen Schiss hin. Im Fluss von Villeta nahmen wir ein Bad. Der Schmutz unserer dreckgegerbten Haut blieb im Wasser zurück, nur der Klebstoffgeruch in den Klamotten von Penner Palogrande war so penetrant, dass kein Wasser der Welt ihn rausgekriegt hätte. Palogrande brauchte nur an seinem Hemdsärmel schnupfen, und schon war er so high, als hätte er ins Jenseits abgehoben.

Wenn man nach Villeta reinkommt, hat man das Gefühl, als wäre die Stadt ein einziges großes Restaurant. Pinten und Fressbuden, wo man nur hinsieht. Die Portionen, die sie uns schenkten, kamen uns so riesig vor wie der Berg, der das Nest überragt. Im kühlen Rasenbett dösten wir aneinandergeschlungen bis zum nächsten Morgen. Da ich den Bauch voll hatte, blieb der Traum von den warmen Titten meiner Mama in dieser Nacht aus.

Aufwachen und die Stimme von Palogrande hören war eins. Heut ziehn wir in Guaduas ein, meinte die Schwuchtel allen Ernstes. Und los gings. Nichts war für diesen Affenarsch unerreichbar, kein Hindernis für seine quirligen Augen unüberwindbar. Fünfzehn Kilometer, schätz ich, tuschelte mir Nelson zu, dem die Kräfte ebenfalls zu schwinden begannen. Ein frommer, verzweiflungsgeborener Wunsch. Die Straße war eine endlose Steigung, sie türmte sich zu einer glatten Wand, die irgendwer in eine gottverlassene Wüste geklotzt hatte. Ein Greis, schlohweißes Haar, zahnloses Grinsen, aber kräftiger Schritt, spendierte uns einen Ziegel Rohrzucker.

Unter großem Jubel brachen wir ihn entzwei. Die Kordillere lag hinter uns, kauerte mit ihren Schattenfalten unter einer wütenden Sonne, eingekrümmt in Knoten einer breit hingelagerten Gesteinsmasse. Andere Bergketten verhüllten ihre Hänge unter aufgeschossenem Zuckerrohr. Aus den Halmen saugten wir den Saft für den letzten Anstieg, hinauf zu den Gipfeln der Anden, die einem glatt die Besinnung rauben können.

Als wir die Etappe mit dem Alto del Trigo krönten, stellten wir die innere Uhr auf fünf. Zeit für ne kleine Verschnaufpause, sagte der Penner Palogrande. Unsere Kräfte schienen wie Reisig zu zerbröseln. Dann warnte er uns: Beim Runtergehen wern wir auf die Taranteln treffen. Die Biester verstecken sich unter Steinen. Am Abend kriechen se in Scharen raus, weil sie die Wärme des Asphalts suchen. Dass mir keine von euch Schwuchteln draufsteigt oder versucht, sie wegzukicken. Die kletten sich nämlich sofort ans Hosenbein, und ihr Biss ist der sichere Tod. Wir passten höllisch auf beim Abstieg. Der Penner Palogrande lief zwei Schritte vor uns. Auf einmal blieb er stehen und legte den Finger an die Lippen. Dort, in der Kurve, flüsterte er im leisesten Flüsterton und zeigte geradeaus. In der Straßenbiegung, direkt vor uns, unseren Füßen schon gefährlich nah, hockten sie, zu Hunderten, samtige Spinnen mit langen, zusammengekauerten Beinen. Sahen aus, als wären sie tot. Los, ihr Schwuchteln, auf zum Tarantelnecken, wisperte der Penner Palogrande meinem Bruder Nelson ins Ohr, jede Silbe betonend. Dann drehte er auf volle Lautstärke, damit auch ich es hörte: Wer nicht mitmacht, bleibt ne Schwuchtel sein Leben lang … der machts am Ende für fünf Cent. Ist gut, sagte Nelson, trotzig, unbekümmert um die Gefahr, ich bin dabei. Der Penner Palogrande suchte drei dünne, dürre Stöcke. Mir gab er den längsten. Kleiner Schrott, jetzt wirstes lernen, das Spiel mit dem Tod. Und dass du nicht auskneifst, sonst kannste was erleben, du Schnecke.

Zitternd nahm ich den Stock, Nelson krallte forsch den seinen. Der Penner Palogrande demonstrierte, wie das Spiel zu spielen sei. Er legte sich bäuchlings auf den kochenden Asphalt und robbte mit dem Stock in der Hand den Spinnen entgegen. Als er nahe genug dran war, streckte er den Arm aus und schob das Ende seines Stocks an eins der Viecher heran. Nelson tat ohne Wimpernzucken das gleiche, und ich tat es mit angstgelähmten Fingern meinem Bruder Nelson gleich. Der Penner, fast lustlos, als wär er schon ein alter Hase in dergleichen Spielchen, fing an, sein Tierchen zu necken. Nelson neckte das seine, während ich das meine mehr durch bammeliges Ungeschick als mit Absicht aus dem Schlaf kitzelte. Und dann kam das haarige Monster tatsächlich über den Stock gekrabbelt, geradewegs auf meine Hände zu. Auch die Taranteln der anderen setzten sich in Marsch, als würde eine unsichtbare Hand ihnen die Richtung weisen. Auf fünf Zentimeter lassen wir se an die Augen ran, sagte der Penner Palogrande mit cooler Stimme, den Kopf wie unbeteiligt zu Nelson herübergedreht. Mich packte das pure Entsetzen. Meine Nerven flatterten wie eine Unterhose im Wind. Die Spinnen bewegten sich bald langsam, bald schnell, wie hypnotisiert, wie ferngesteuert. Wie runde schwarze Wollquasten wuchsen mir die Augen der Tarantel entgegen, und ich spürte, wie mir die Pisse in warmen Güssen an den Beinen herunterrann. Das Tier kam immer näher, mit schräg gestelltem Körper, als witterte es bereits sein Opfer. Haltet die Luft an, ihr Schwuchteln, sagte immer noch mackermäßig cool der Penner Palogrande, jetzt aber schon voll auf die Sache konzentriert. Halt selber die Luft an und hör auf zu nerven, kam es von Nelson zurück. Ich brachte keinen Ton heraus.

Ich lag bis zu den Knien in meiner Pissepfütze und wusste nur, dass ich durchhalten musste, dass ich der Komplizenschatten meines Bruders war, dass ich die Angst zerquetschen musste, wie ich am liebsten dieses scheußliche Vieh am Boden zerquetscht hätte. Ich zähl bis zehn, fiepte der Penner, bei neun is das Spiel aus. Wegen mir kannste bis zwanzig zählen, du Schwuchtelmatz, übertrumpfte ihn Nelson. Der Schweiß quoll ihm aus allen Poren.

Dann blickte ich in die Augen des Todes. Aus den Augen der grässlichen Spinne starrte er mich an. Ich lag da wie in Starre, die Hand um den Stock gekrampft. Sieben ..., hörte ich Palogrande träge wie ein Faultier zählen. Und Nelson, der dem Penner den Meister zeigen will, der ihm vorführen will, was Todesverachtung ist, legt die Nase auf die Stockspitze, reckt sie gegen die daherstaksende Tarantel. Ich versuche, Nelsons Protzgebärde nachzuahmen, ziehe den Stock langsam an mein versteinertes Gesicht, da spür ich, wie die Tarantel - vielleicht war es nur Einbildung - an meine Nasenspitze streift, bereit, mir den giftigen Saft in die Augen zu spritzen. Ich schnelle hoch, wie von der Tarantel gestochen, spring über den Stock, spring über einen Haufen Taranteln, die wie eine Verschwörerbande dahocken, renne so schnell ich kann, renne und schreie aus ganzem Leib. Ich renne die Straße hinunter, so weit mich die Beine tragen. Dann sinke ich auf einen Stein nieder und heule über meine hurenverfickte Feigheit. Später erfuhr ich, dass auch der Penner Palogrande, ehe er bis acht gezählt hatte, aufgesprungen und davongelaufen war. Nur Nelson hielt bis zuletzt durch. Er zählte im Geist bis zwanzig. Die Spinne machte wenige Zentimeter vor seinen Augen halt. Sie wäre eingenickt, sagte mein Bruder, eingenickt vor seinen starr blickenden Augen.

Der Penner Palogrande schüttete sich aus vor Lachen. Unter immer neuen Gratulationen und Lobpreisungen patschte er Nelson in einem fort auf die Schulter. Das war nich übel, Schwuchtelmatz, du hasts ihr gezeigt, der Tarantel. Is ja echt giftig dein Blick, ätzend giftig, Tarantelmatz… Bis Medellín sollte der Penner Palogrande meinen Bruder mit diesem Spitznamen bombardieren.

Dann, wir waren in Guaduas, lag ich um ein Uhr nachts hellwach. Der Blick der Tarantel schlingerte ständig vor meinen Augen, zielte immer wieder in mein Herz, drückte mir in Zeitlupe die Giftladung rein. Die Angst machte mich Hunger und Müdigkeit vergessen, niemand konnte mir in meiner grausamen Einsamkeit helfen. Ich kniff die Lider zu, um die Angst nicht mehr zu sehen. Auch die Angst vor Nelsons Unerschrockenheit. An diesem Nachmittag hatte ich begriffen, dass Nelson vor dem Tod nie auf die Knie gehen würde. Im Gegenteil - ins Gesicht prusten würde er dem Tod, wenn der ihm mal in einer menschenleeren Gasse in die Quere käme.

Die Straße nach Honda führt bergan und bergab. Die Faust der Sonne im Nacken, den Körper beim Anstieg unablässig vorgebeugt, spür ich, wie meine Knie nach sechs Tagen Fußmarsch steinhart geworden sind. Im Schweigetakt arbeiten wir uns dem Etappenziel, dem Ziel unserer Sehnsucht, entgegen. Abends sieben Uhr halten wir bei einem Schnitt von fünf Kilometern. Wir wissen, dass die Restdistanz mit jedem Schritt kleiner wird. Wir sind manchmal nachdenklich, manchmal übermütig. Die Höllenglut lässt uns völlig kalt. Stumme Wanderer, deren Weg keine Menschenseele kreuzt. Sieben Tage sind vergangen seit unserem Ausriss. Möglich, dass Mama ihre letzte Träne noch nicht abgewischt hat, dass sie in Krankenhäusern und Polizeistationen nach uns sucht, nach dem Grund unseres Verschwindens fragt. Dass sie alle

Leute anquatscht, ob sie vielleicht eine Spur von uns gesehen haben. Möglich auch, dass mein versoffener Vater drei Tage nach unserem Abgang, einer späten Gefühlsregung nachgebend, Mama nach unserem Verbleib gefragt hat.

Über den Abendhimmel von Honda zuckten Funken guter Vorbedeutung. Wir bekamen sogar gebratene Hühnchen zwischen die Zähne. Dann, auf der Parkbank, träumte mir von einer nebeldurchwaberten Welt. Zwischen den Schwaden diffuse Menschengestalten, die wortlos die Lippen bewegten ... Fressen, fressen, fressen, um die Bäuchlein vollzukriegen - nur danach stand uns der Sinn. Aber klar: das angeborene Misstrauen der Menschen, unser vergammeltes Aussehen, unser unheimliches Lachen - da konnte es schon passieren, dass einem die Tür vor der Nase zugeknallt wurde. Als Kind ist man betroffen über soviel Hundsgemeinheit in der Welt. Manchmal heulte ich über unser Los, dann wurde Nelson stinkwütend, schwor den Hilfeverweigerern wilde Rache: Ihr werdet noch mal Scheiße fressen, ich werd zusehn, wie ihr ganze Wagenladungen von Scheiße fressen werdet, ihr Schweine! Drehte ab und stampfte davon in eine Phantasiewelt, die das wahre Leben verhieß.

Also, ihr Schwuchtelmätze, wir kommen jetzt in ein Kaff, das heißt Guarinocito, meldete sich der Penner Palogrande zurück. Ist ein kleines, wanzigkleines putziges Nest, keine sechzehn Kilometer von hier. In Greifweite. Ich stutzte mir die Hose auf Knielänge zurück, die Schwüle jagte mir den Schweiß in Strömen über die Haut. Eine edle Dame spendierte uns ein Mittagessen, Nelson hatte ihr Herz mit dem Märchen von einer kranken Tante in Medellín erweicht. Dann half uns ein Opa in einer Lagune fischen, wir zogen sechs fette Dinger an Land und verzehrten sie am Lagerfeuer.

Nach Anbruch der Dunkelheit erreichten wir das Dorf. Wir stürzten uns sofort in einen der drei Teiche. Aber zu essen geben wollte uns keiner was. Geht arbeiten, ihr Faulsäcke, und lasst die in Ruh, die sich Tag für Tag abschinden, keifte eine alte Schachtel aus einer Frittier- und Imbissbude raus. Ich war ganz zerstochen von den Moskitos. Wenn ich eine Zitrone erwischte, träufelte ich mir den Saft auf die Stiche und jaulte auf. Allmählich ließ der Juckreiz nach.

Die Straße in das 15 Kilometer entfernte La Dorada war von felsigen Bergen, von bilderbuchmäßigen Lehmburgen und Lehmtürmen gesäumt. Irgendwann zeigte der Penner Palogrande auf die Luftspiegelungen über der pfeilgeraden Straße. Kommt, Schwuchtelmätze, spielen wir Asphaltspiegleinschaun, sagte er, getrieben von einer Spielversessenheit, die ihm immer neue Erfindungen eingab. Das Asphaltband war eine brodelnde Pfanne, aus der gleißender Rauch kringelte. Die Spiegel schienen zu flimmern, Penner Palograndes Hemd war ein flirrendes Weiß. Wie von einem Wespenschwarm gestochen, peste er los und machte ebenso abrupt wieder halt. Dann hopste er wie bei Himmel und Hölle, blieb nach dem letzten Sprung versteinert stehen und fing an, sich auf die Brust zu schlagen, die Augen auf den Asphalt geheftet. Schrott, Tarantelscheißer, rief er, ich seh ein Piratenschiff, der Käpt'n macht 'ne Kiste auf, er schöpft die Juwelen raus und lässt ein Triumphgeschrei los. Aus seiner Kajüte steigt 'ne süße Puppe, die ist splitternackt und wackelt auf mich zu… Dann stockte er, wie von einem Piratendolch durchbohrt. Hurensohn, elendiger! Arsch-geficktes Leben! Futsch is der Spiegel! brüllte er und fing an, theatralisch zu flennen. Nelson, mein Bruder, ließ sich mitreißen. Er legte einen Hundert-Meter-Sprint hin, bremste jäh ab, atmete durch, machte vier Himmel-und-Hölle-Hopser, hielt wieder inne und blickte auf den

Asphalt. Ein Glücksschrei bricht sich aus seiner Kehle: Ich seh ne geschlossene Tür, ich klopf an, und sie geht langsam, ganz langsam auf. Ich steck den Kopf rein ins Zimmer und seh ganz hinten aufm Bett Clarita, splitternackt, die Brüstchen straff. Nelson, ruft sie, Nelson ... Und da hält es ihn nicht mehr. Er zuppelt den Hosenlatz auf, holt seinen Pimmel raus und wichst sich einen ab, so wild, so schnell, dass er sich bald vor Lust und Erschöpfung krümmt.

Jetzt ist Schrott dran, mach schon, du Arschgeburt. Und ich saus los, laufe ein Stück und bleib stehen. Ich kuck in mein Spiegelchen. Ich denk mir aus, was ich sehen will, hopse einmal, zweimal und noch einmal, und lande mitten im Spiegel. Ich nagle ihn fest mit meinen Sohlen und mache die Augen zu und wieder auf. Da seh ich, ich schwörs bei Muttchen, seh die Tarantel, seh sie laufen mit ihren behaarten Beinen, seh sie über den Stock balancieren. Seh, ich schwörs bei Nelson, wie die Tarantel stehenbleibt und überlegt. Wie sie aufblickt und die Traurigkeit in meinen Augen sieht. Wie sie sich ruckartig aufbäumt und mir ihren rotzigen Schleim ins Gesicht spritzt. Meiner war kein Freudenschrei, ich schrie vor Entsetzen und rannte, rannte wie einer, der von allem Unglück der Welt heimgesucht ist.

Nelson und Palogrande holen mich ein, gierig zu erfahren, was ich gesehen hatte. Sie drängten, aber ich blieb stumm. Nelson umarmte mich brüderlich und fragte aufs neue, Schrott, was haste gesehn? Ich sah ihm in die Augen und antwortete in Gedanken, nix hab ich gesehn, gar nix hab ich gesehn, ich schwörs. Sie respektierten mein Schweigen.

In La Dorada ist für mich Endstation, sagte ich zu Nelson. Ich kann nicht mehr. Ich bin ausgebrannt wie ein alter Fabrikschlot. Bei mir ist der Dampf raus, ich bleib hier und geh nach Bogotá zurück. Ich sagte es ihm mit meinen Blicken, mit am

Rücken verschränkten Händen, ich sagte es ihm flüsternd, weinend, schreiend, auf alle möglichen Arten sagte ich es ihm. Umsonst. Ramonchen Schrott, hier kannste nich bleiben, du musst mit mir kommen, Schwuchtelmatz. Ich bin doch dein großer Bruderschatten, so wie du mein kleiner Bruderschatten bist, und nix, nix, nich mal das, was du im Spiegel gesehn hast, wird uns trennen. Nelson ,mein Bruder, redete auf mich ein. Es war schön, dass er auf mich einredete, ich wollte ja bei ihm bleiben. Auf einer Parkbank ringelte ich mich ein wie eine frierende Schnecke. Ich fiel in einen trüben Schlaf. Die anderen waren auf Nahrungssuche gegangen, ihre Kräfte schienen ungebrochen. Da hörte ich eine Stimme, eine Stimme, die wie aus den Fluten des Río Magdalena zu mir heraufstieg. Sie rief mich mit meinem Vornamen und meinem Spitznamen. Als ich merkte, dass es Nelsons Stimme war, erwachte ich. Ich schaute ihm ins Gesicht und lauschte der Traumbotschaft: Ramonchen Schrott, sagte er, ein Mauleselkarren wird uns nach Medellín bringen. Keinen Meter wirst du auf der arschgefickten Landstraße mehr laufen müssen, Brüderchen. Ich umhalste Nelson so fest, dass wir zu einem einzigen Bruderleib zusammenschmolzen.

Dem Fahrer des Mauleselkarrens hatte der Penner Palogrande das Märchen von der sterbenskranken Tante in Medellín verklickert. Der Mann war zu Tränen gerührt. Den Karren hatte er randvoll mit Äpfeln gefüllt. Steigt hinten auf, sagte er, und los ging die Reise. Die Fahrt dauerte einen Tag und weiß der Kuckuck wieviel Stunden. Der Mauleselkarren zuckelte dahin wie eine lahme Ente. Am Abend bissen wir in saftige Äpfel, wir konnten uns sogar den Luxus leisten, die unreifen zu verschmähen. Irgendwann rüttelte mich Nelson aus dem Schlaf, immer war er es, der mich weckte. Schrott, Bruderherz, hörte ich ihn sagen, wir sind in Medellín.

Drei

Warum er seine Tochter nicht mitgebracht habe, fragte ich Schrott, als ich ihm die Eingangstür öffnete. Er antwortete ausweichend. Ich wollte nicht indiskret sein und gab mich mit der Antwort zufrieden. Wir gingen durch die Garage ins Haus und stiegen die drei Stockwerke zu meiner Wohnung hoch. Er sagte kein Wort. Schrott machte den Eindruck eines Menschen, der vor seinen Gedanken flieht, der sich hinter einem Wall aus Sandsäcken verschanzt. Im Wohnzimmer strebte er auf die Hängematte zu und begann zu schaukeln. Schweigend stieß er sich mit den Füßen immer wieder ab. Ich bot ihm Rum mit Eis an. Nein danke, sagte er. Alkohol mache ihm den Kopf heiß. Er würde lieber etwas Kaffee trinken.

Das Ende seines Schweigens kam auch diesmal nicht abrupt. Ohne Umschweife kehrte er zu meiner Frage von vorhin zurück. «Ich habe meine Tochter nicht mitgebracht, weil ich nicht will, dass sie meine Geschichten mit anhören muss. Ich will ihre Ohren nicht auf Gewalt trimmen.» Während er vor sich hinschaukelte, sah er mich mit prüfendem Blick unverwandt an. «Auch wenn Sie es nicht glauben, sagte er, den Schwung der Hängematte abbremsend, «Kinder hören alles, sie speichern alles in ihrem Gedächtnis. Wenn sie mal älter ist, werde ich ihr vielleicht meine Medellín-Geschichte erzählen ... und den Bogotá-Nachspann mit dazu. Bis dahin aber soll sie unbelastet aufwachsen. Später wird sie hören, was sie hören will.» Und er lächelte wieder mit dieser Ruhe eines gelassenen Menschen, der seine Vergangenheit restlos aufgearbeitet zu haben schien.

In unseren Gesprächen schnitt jeder nach Belieben die Frage an, die ihn gerade interessierte. Heute war ich es, der die Initiative ergriff. Ich schlug vor, er solle von seiner Waffenleidenschaft erzählen. Schrott überlegte. Er hob die Hände und verschränkte sie im Nacken. Dann senkte er sie wieder, spielte mit den Fingern, schloss sie zur Faust, öffnete sie. «Fingerfertigkeit und der Befehl aus dem Gehirn sind das A und O des Waffengebrauchs», dozierte er, als verkünde er eine chinesische Weisheit. Er schwenkte sich mit der Hängematte an meinen Stuhl heran und klopfte mir auf die Knie: «Das Gehirn erteilt den Schießbefehl, der Finger zielt und tötet. Fertig.» Er lachte, lachte wie er wohl seinerzeit gelacht haben muss, wenn er willfährig in das Lachen seines Bruders Nelson einstimmte. Ich fragte, ob er noch Kaffee wünsche. Er nickte. Ich griff zu meiner italienischen Espressokanne und schenkte ihm die Tasse voll. Sein Lachen erlosch. Er nahm einen Schluck, schlürfte, überlegte.

«Die Waffe ist das Leben. Für den anderen, der aus dem Weg geräumt werden soll, ist sie der Tod. Eine Binsenweisheit, die jeder in dem Beruf lernt. Das Metall der Waffe ist wie die Haut der Geliebten, unter der Kühle des Eisens schlummert das Feuer der Leidenschaft.» Er bat mich um ein Glas Wasser und noch etwas Kaffee. Er sprach von der Waffe als einer Fortsetzung des Körpers; der Waffe, die dem Dasein Gewicht verleiht, wenn sie fest im Hosenbund steckt; der Waffe als der besten Gefährtin, stets griffbereit, stets schussbereit. Er sprach von den Ängsten, die ihn in den frühen Morgenstunden überfielen, wenn er im Dunkel nach der Waffe unter dem Polster tastete, süße Gefährtin, verlasse mich nicht jetzt und in der Stunde. Er sprach von den zärtlichen Gefühlen, die er für seine Waffe empfand, wenn er sie reinigte, zerlegte, polierte, sie ans Herz drückte und in den Hosenbund zurücksteckte.

«Die Waffe vernachlässigen kann fatale Konsequenzen haben.

Es kann den sicheren Tod bedeuten. Die Waffe muss immer präsent sein im Kopf, sie muss getarnt sein gegen fremde Augen, damit sie im richtigen Moment aufblitzt und dem, der verrecken soll, sein hurenverficktes Leben ausbläst», sagte er in plötzlicher Gefühlsaufwallung.

Dann verfiel er in Wehmut: «Silbe für Silbe möchte ich die Worte heraussagen, möchte sie in diesem abscheulichen Gefühl ertränken, das einen grundlos zittern lässt. Seit zwei Jahren fühle ich mich wehrlos wie eine Eidechse. Ich habe meine Pistole weggeworfen, weil ich es meiner Mutter versprochen hatte. Es war schmerzvoll, sie aus der Erinnerung zu löschen. Auch die trüben Wasser des Río Tunjuelito können diese Leere nicht auffüllen.» Drei bis vier Monate verstrichen, ehe wir an einem regendurchpeitschten Nachmittag wieder zusammentrafen.

Der Penner Palogrande war ein gewitztes Bürschchen. Nie hielt es ihn länger als ein paar Tage auf ein und demselben Pflaster. Immer zur gleichen Zeit am gleichen Ort rumlungern, zu einer bestimmten Stunde um die immergleiche Straßenecke wetzen, davor hatte er einen Horror. Er war von einer anderen Sorte, schleppte eine andere Hucke durchs Leben. Den Penner zog es in die Ferne, in neue Gegenden, Dörfer und Städte, die er noch nie gesehen hatte. Er war es, der uns mit Medellín-Zentrum bekannt machte. Er zeigte uns die Eingänge und die Ausgänge der Häuser, wies uns die besten Schlafplätze, die besten Schnorrplätze. Dank ihm wurden wir zu Straßenkids, die jeder Situation gewachsen waren. Eines Morgens, er war stocknüchtern, weil er keinen Klebstoff zur Hand hatte, eines Morgens hatte er so ein komisches Funkeln in den Augen. Er wandelte auf und ab, wie in Trance, als hätte er im Traum der vergangenen Nacht die Offenbarung erlebt. Tarantelschwuchtel, Klötenschrott, heut mach ich die Flatter. Am Nachmittag verzieh ich mich nach Santa Marta. Habs im Traum so entschieden. Ich schwieg. Ich hatte da nichts mitzureden. Nelson, mein Bruder, pustete kurz durch. Na dann, Schwulpenner, Hals und Beinbruch. Den Segen deiner Mutter haste. Wer'n uns auch ohne dich nich die Krätze holen. Er sagte es, als würde er eine lästige Fliege von seinem Hosenbein verscheuchen. Am Nachmittag gab es keinen Abschied, keine Tränen.

Jetzt waren wir auf uns allein gestellt. Wir fraßen uns voll, gammelten rum, flipperten. Drei Monate lang lebten wir als Straßenkids und warteten auf die große Überraschung. Lebten unter dem Schirm einer Freiheit, die wir der Welt mit unseren hurenverfickten Betteleien und permanenten Pleiten abtrotzten.

Ich wusste, spürte, dass sich in Nelsons Schädel was zusammenbraute. Er war so geladen, so jährzornig, hatte ständig die Krallen ausgefahren. Ein Pulverfass, mein Bruder. Dem Penner Palogrande war er in einer Beziehung sehr ähnlich. Bei der Vorstellung, durch die immergleichen Straßen zu trotten, die immergleichen Geschäfte abzuhaken, ewig in den Parks zu pennen, bei dieser Vorstellung stieg ihm die Galle ins Blut. Und der Tag kam, wo er es ausspuckte. Ramón Schrott, wir müssen das Feld von da draußen aufrollen, sagte er, sonst gucken wir durch die Finger. Und er zeigte hinüber zu den Armutsquartieren, die die Berghänge emporwucherten. Wir fassten uns ein Herz. Mit unseren abgerissenen Klamotten und durch den Akzent als unverkennbare Hauptstädter ausgewiesen, marschierten wir in Quartiere rein, die den Vierteln von Las Colinas und Ciudad Bolívar in Bogotá zum Verwechseln glichen. Endlose Reihen von Ziegelbuden, innen wie außen unverputzt, fertiggebaut die einen, halbfertig die anderen.

Auf den Terrassen verrostetes Eisengestänge, das dem Anbau weiterer Wände und Zimmer entgegenharrte. Behausungen mit Gewalt in die Haut der Kordilleren gerammt. Von den Dachterrassen ertönten Rufe, Zeichen, Losungen und Gegenlosungen, eine Stimme, die sich über alle Hänge zerfranste und in die entlegensten Winkel drang. Nelson brannte darauf, die Stimme kennen zu lernen. Und wir lernten sie kennen, gleichaltrige Kids, die ätzend schick aussahen und uns recht scheel ankuckten. Am Abend verkrümelten sie sich. Jetzt geht mal schön nach Hause, Bogotanerbübchen, hänselten sie, wir wollen nen Bummel machen. Nelson spielte den Arglosen und fragte: Und wo gehts hin? Auf ne Fete, sind eingeladen, antworteten sie. Wo denn die Fete sei, wollte Nelson wissen. Da jagten sie ihn zum Teufel. Verdächtig war, dass sie jeden Abend auf eine Fete gingen, immer die selben Jungs, immer die selbe Clique. Bis einer von denen - er hatte unsere Anwesenheit nicht bemerkt - sich eines Abends verplauderte. Macht schon, der Chef braucht uns. Chef? fragte Nelson, was für'n Chef? Na los, Freundchen, verrats mir doch! Halt die Klappe, Scheißhosenmatz, fauchte der Knabe ihn an. Aber mein Bruder ließ sich nicht kirre machen, im Gegenteil. Es trieb ihm richtig den Wutstachel raus. Scheißhosenmatz? Kann sein. Aber dir werd ichs zeigen, du Schwuchtelmatz. Komm doch her, wenn du Mut hast, giftete Nelson ihn an, von der Furie gejagt, die niemand in ihm bändigen konnte. Der Matz trug 'ne mordsgeile Montur, Turnschuhe, Lederjacke, Glitzergürtel, goldene Uhr, alles vom Feinsten. Sein Geschaue, sein Gehabe, sein flotter Spruch, alles gestylt bis in die Haarspitzen. Hinter jedem Furz von dem steckte schweres Geld. Nelson und ich wunderten uns, dass ein Straßenkid in so einer Aufmache rumlief. Das Kerlchen merkte, dass mein Bruder nicht zu der Sorte gehörte, die Manschetten kriegen. Drum wurde er stinkwütend. Fast ansatzlos kickte er Nelson zweimal in den Unterleib und setzte mit einem rechten Schwinger nach, der meinen Bruder aus den Socken hob. Mit Fäusten und Füßen bearbeitete er den auf dem Boden liegenden Nelson, drosch ihm in die Rippen, an die Beine, ins Gesicht. Binnen Sekunden war Nelsons Auge knollendick angeschwollen und die Nase übel zugerichtet. Er deckte zwar mit den Armen, aber die Schläge kamen gnadenlos und vernichtend. Irgendwie gelang es ihm aber, auf schwankenden Beinen zum Stehen zu kommen. Mach weiter, Schwuchtelmatz, wir sind noch lang nicht fertig. Das steigerte nur den Gewaltrausch des anderen. Was? Der Tripperschwanz hat noch nicht genug? Er will noch mehr, der Hurensohn? Und er packte ihn aufs neue und puffte ihn in den Magen, knallte ihm die Faust ins Gesicht, boxte ihn mit Aufwärtshaken wieder hoch. Ich wollte eingreifen, aber ich wusste, dass Nelson sowas als schlimme Kränkung empfunden hätte. Und ich wusste natürlich auch, dass er was im Schilde führte, wenn er sich so brutal abschlachten ließ. Schließlich ließ der Kerl von ihm ab. Offenbar reichte es ihm, vielleicht hatte er auch ein Fünkchen Mitleid mit meinem Bruder. Und im Vertrauen auf die Wachsamkeit seines Leibschattens dreht er von Nelson ab, während mein Bruder sich aufrappelt und sich mit dem Hemdsärmel das Blut aus dem Gesicht wischt. Dann, der Kerl will schon seinen Abgang machen, stößt ihm Nelson das Messer zwischen die Rippen. Cool, ohne mit der Wimper zu zucken. Der Kerl sackt zusammen, er weiß nicht, wie ihm geschieht. Warum? fragen seine Augen. Wimmernd liegt er da, der Heißsporn, röchelt, zuckt, klammert die Hände an den Bauch, um den Blutschwall zu dämmen. Nelson fasst mich am Arm und bugsiert mich hinaus. Für diese Nacht verschwanden wir aus dem Viertel.

Nelson wusste, warum er dem Großmaul den Messerstich versetzt hatte. Aber er schwieg. Wie wir ins Viertel zurückkamen und uns zur Schau stellten, herrschte entspannte Normalität. Keiner schien auf Rache zu sinnen. Was geschehen war, wurde als die natürlichste Sache der Welt hingenommen, als Faktum, unumstößlich wie die Wirklichkeit. Es verging ein Monat, dann tauchte das Kerlchen wieder auf, die Wunde war bereits verheilt. Sowie er Nelson sah, hob er die Hände, um Frieden zu signalisieren. Er entschuldigte sich. Und schwamm drüber, okay? Ich weiß, dass ihr verlässliche Kumpels seid. Passt mal auf: Ich hab da nen Chef, der heißt Don Luis ... Nelson bebte ... Der würd euch gern kennen lernen ... Was für ne Firma hat er denn, der Don Luis? Können wir gleich vorbeischaun? drängte er ... Logo, er erwartet uns. Er führte uns zu einer bombastischen Villa. Von außen wirkte sie wie ein grimmiger Bunker, sechs schwer bewaffnete Typen bewachten das Anwesen. In der Einfahrt stand ein schwarzer Mercedes. Wer mochte der Kerl sein, dem dieser Palast gehörte? Wir wurden eingelassen und waren mächtig stolz auf die Ehre, die uns damit zuteil wurde. Klar, dass sich ein ungutes Gefühl einschlich, wie wir die riesigen, unverschämt luxuriösen Räume sahen, die sich mit einem Blick gar nicht einfangen ließen. Im Salon hing ein großes Bild mit auf Hochglanz poliertem Goldrahmen. In einer Ecke war 'ne holzgeschnitzte Schnapsbar mit ovalem Spiegel und knalligen Flaschen mit allen nur denkbaren Branntweinen. Dann gabs noch einen Tisch mit zwanzig piekfeinen Stühlen, und alles war mit weißen Teppichen ausgelegt. Auch zwei kolossale Stereoanlagen fehlten nicht. Kommt weiter, sagte ein Waffenmann. Wir folgten ihm, Nelson vorneweg, ich als sein Leibschättchen hinterher. Ein kleinwüchsiger, dunkelhäutiger Herr erwartete uns. Glattes schwarzes Haar, etwas gelichtet und auf der Seite gescheitelt. Smoking, Schlips, gestärktes Hemd, affengeile Uhr. An der Zimmertür in seinem Rücken zwei Leibwächter, die unfehlbaren Schatten seiner Existenz

- ein richtiger Pascha, dieser Don Luis, dachten wir. Nur weiter, säuselte er, nehmt Platz. Er klingelte mit einer Porzellanglocke, und sogleich erschien eine uniformierte Alte, bei der Don Luis zwei Guanábana-Säfte für uns orderte. Wir waren stumm vor Aufregung, es war, als würden wir den Himmel mit den Händen greifen. Don Luis sah uns gelassen an. Ließ uns Vertrauen schnuppern.

Ich brauche euch für eine Arbeit, sagte er mit der Stimme einer jungen Dame aus besseren Kreisen. Er schob nur diesen einen Satz raus und wartete. Nelson stippte mich mit dem Ellbogen, damit ich was sagte. Aber ich blieb stumm und hoffte, dass er was sagte. Don Luis zückte ein grünkartoniertes Büchlein mit einer Aufschrift in goldenen Lettern und fragte nach unseren Namen. Nelson, heiß ich. Und der da heißt Ramón Schrott. Is mein Bruder. Don Luis fand den Spitznamen sehr lustig, warum Schrott? wollte er wissen. Meine Antwort kam prompt. Mama sammelte Flaschen und Altpapier in den Straßen von Bogotá, und den Spitznamen Schrott hab ich von meinem Bruder Nelson gekriegt, weil ich die Müllsäcke immer nach Schrott durchwühlt hab, wenn wir Mama bei ihrer Arbeit begleiteten, sprudelte ich. Hatte ich mein Häufchen beisammen, dann hab ich es für'n guten Preis beim Händler in der Calle del Cartucho verscheuert. Bemerkenswert, fand Don Luis, wirklich bemerkenswert soviel kindliche Geschäftstüchtigkeit, und Nelson stippte mich abermals wieder mit dem Ellbogen, diesmal aus Freude. Und warum seid ihr von zu Hause ausgerissen? - Ein Dummejungenstreich, gab Nelson freiheraus zu. Don Luis begnügte sich mit der Antwort. Und wieso hat es euch gerade nach Medellín verschlagen? Weil wir Medellín supertoll fänden, antwortete Nelson schlau, wie er war. Es wär eine Stadt, wo Jungs wie wir viele gute Arbeitschancen hätten. Außerdem würden die Jungs hier zu Helden, richtig wie im Fernsehen, und reich würden sie auch, wie man an ihren Markenklamotten und all dem anderen Luxus sehen könne, den sie mit sich rumschleppten. Wie wir nach Medellín gekommen sind? Zu Fuß, sagte Nelson. Don Luis fand keine Worte. Nelson erzählte ihm vom Penner Palogrande, und der Alte fragte, ob der Penner noch in Medellín sei. Der dürfte auf irgendeiner Straße Kolumbiens unterwegs sein, sagte Nelson, wir wüssten nicht, ob er nach Medellín zurückgekommen wär. Mit zierlicher Handschrift notierte Don Luis unsere Auskünfte in seinem Büchlein.

Er schellte ein zweites Mal und orderte noch einmal Guanábana-Saft. Dann setzte er die Befragung fort, wobei er den Daumen über die Füllfeder gleiten ließ. Ob wir Bekannte in der Stadt hätten. Nein, sagte Nelson, seit sich der Penner Palogrande nach Santa Marta abgeseilt hätte, wären wir selbst uns die einzigen Gefährten. Don Luis schien zufrieden. Er zückte ein goldenes Etui, pickte eine Zigarette heraus, strich einen Augenblick lang über das Papier. Schließlich steckte er sich die Zigarette zwischen die Lippen und entzündete sie mit einem gediegenen Feuerzeug. Er schwieg. Plötzlich heftete er den Blick auf Nelson: Warum der Messerstich? Die Frage traf Nelson unvorbereitet, zu tief hatte sich mein Bruder in seine dunklen Absichten vergrübelt. Er zögerte mit der Antwort. Dann, leicht erregt, gab er zu Protokoll, der Knabe hätte ihm ne Spur zu fest in die Fresse gehauen. Wär irgendwie fies gewesen, weil der ja viel älter war. Don Luis sah ihn an, klappte das Büchlein zu und meinte: Verstehe. Ist noch ein junges Gemüse, der Knabe. Macht gern Stunk.

Don Luis stemmte seine Leiblichkeit hoch, beugte sich über den Tisch und drückte die Kippe in einem Luxusaschenbecher aus. Dann steckte er sich die nächste Zigarette an. Während er den Rauch mit aller Geduld der Welt inhalierte, ging er, als würde er seinen Gedanken folgen, langsam im Zimmer auf und ab. Seine Stimme fuhr unvermittelt auf uns nieder: Passt auf, Jungs. Ich weiß, dass ihr zuverlässige Leute seid. Darum will ich euch vertrauen - sowohl dir, Messerstecher, als auch dir, Bulli. Ein Stromschlag des Entzückens zuckte bei diesem «Bulli» durch meine Adern, zum ersten Mal in meinem Leben redete mich ein Erwachsener mit diesem Kosenamen an. Und ich war auch schon ein Bulli, und ein ganz schön bulliges obendrein. Ich führe eine Räuber- und Killerschule, sagte er, ohne ein Blatt vor den Mund zu nehmen. Ich brauche Jungs wie euch. Als Nachwuchs. Wenn ihr bei mir arbeiten wollt, seid ihr in diesem Haus willkommen. Nur müsst ihr versprechen, dass ihr nie Murks machen werdet. Wer murkst, wird abgemurkst. Ein kleiner Patzer, dachte ich, und die nieten dich um. Don Luis gewährte uns Bedenkzeit. Keine Sorge, stieß Nelson hervor, Schrott und ich werden nie in Murks machen. Nimmt der aber den Mund voll, dachte ich. Ob der auch weiß, auf was er sich da einlässt? Aber dann war das Vertrauen in seine Zuversicht doch stärker als meine Bedenken. Ja, Nelson und ich würden nie Murks machen!

Der Alte schien's zufrieden, dass Nelson Knall auf Fall entschieden hatte. Er nahm wieder Platz und schwieg. Ich dachte, dass er noch weitere Überraschungen parat hätte, und ich sollte mich nicht irren. Ihr werdet heute bei mir einziehen, sagte er. Seid willkommen! Ich betrachte euch als meine Kinder. Mir wurde bang. Aber kaum hatte er das letzte Wort ausgesprochen, bolzte Nelson in Habtachthaltung hoch und fing an, irgend etwas daherzufaseln. Der Alte bat ihn, einen Moment zu warten. Er hob die rechte Hand, kreuzte den Mittel- über den Zeigefinger und sagte mit einer um eine Idee lauteren Stimme: Schwört den Treueeid. Wie von einer Feder gestoßen fuhr ich in die Höhe und stand jetzt stramm neben Nelson. Wir schwören, Don Luis. Wie aus einem Munde sprachen wir den verhängnisvollen Eid.

Am Nachmittag, wir waren uns schon ein bisschen näher gekommen, sagte Don Luis, wir könnten die ersten Tage bei ihm wohnen. Er rief einen Leibwächter und wies ihn an, uns auf das Zimmer zu bringen. Wir tauschten Blicke, Nelson und ich, beschämt über die Straßenkinderkluft, die wir mit uns herumschleppten. Wir kamen uns vor wie der letzte Dreck, wie zwei räudige Köter, die irgendein Scheißstiefel jeden Moment in den Arsch treten würde. Don Luis schien unsere Gedanken zu erraten. Du setzt die Jungs in ihrem Zimmer ab, befahl er dem Leibwächter, in einer Stunde schnappst du sie dir und kaufst ihnen etwas zum Anziehen...

Im Zimmer standen zwei Betten, die mit piekfeinen, edelduftenden weißen Laken überzogen waren. Kaum hatten wir den Raum betreten, kippten wir in die daunenfederweichen Matratzen. Wir fühlten uns wie im Paradies. Die Nächte, die wir in der Gosse gepennt hatten, unter erbarmungslosem Regen oder in knochenbrecherischer Morgenkälte, waren Schnee von gestern. Nelson warf mir die Arme entgegen, presste sie um mich und sagte: Ramonchen Schrott, Schwuchtelbruder, wir hams geschafft, wir hams geschafft! Noch nie hatte ich meinen Bruder so glücklich gesehen, er weinte Freudentränen. Und er wollte tanzen vor Begeisterung, aber aus dem hurenverfickten Radio kam keine Musik.

Am Abend hatten wir uns in edelgedresste Jungs verwandelt, vom Scheitel bis zur Sohle waren wir in waschechte Markenkluft gehüllt: tierisch geile Turnschuhe, auf den Leib gegossene Jeans, galaktische Uhren und Hemden. Hinter uns, in einem Müllsack, lagen die Demütigungen und Trostlosigkeiten, die wir als Straßenkids erdulden mussten. Jetzt gehörten wir einer Welt an, die mit der Hand zu greifen war, die sich streicheln ließ, von der man nur träumen konnte. Einer Welt, in der man abends totenschwer in den Schlaf sank, um am Morgen ausgeruht zu erwachen. Brüderchen, jetzt heißt es rangehen, sagte Nelson ‚mein Bruder, die Arme um mich geschlungen. Dann bin ich eingepennt.

Don Luis schien ein Mensch zu sein, der mit Vorliebe seinen Gedanken nachhing. Dabei schlenderte er gern durch den Garten und redete mit den Blumen, streichelte sie eine Zeitlang und ging wieder weiter. Immer gemächlich, aber stets mit unbeirrbarem Blick und in imposanter Haltung, straff wie ein Fünfzehnjähriger, den Brustkorb immerzu herausgewölbt. Wir bekamen ihn selten zu sehen, aber man hörte fortwährend das Geräusch seiner Schritte, als wäre er, ohne wirklich anwesend zu sein, allgegenwärtig. Wenn wir ihm über den Weg liefen, gab er sich freundlich und liebevoll. Na, wie gehts meinen Jungs? fragte er im Ton derer, die sich deine Sorgen scheinbar zu eigen machen. Er seifte uns kräftig ein, der Alte, mit seinem zuckersüßen Getue. Aber mit seiner respektvollen Art schenkte er uns zugleich ein nie gekanntes Gefühl von Geborgenheit. Im Haus von Don Luis verbrachte ich meinen neunten Geburtstag. Nie zuvor in meinem Leben war dieser Anlass gefeiert worden. Es gab Applaus, Umarmungen, eine zweistöckige Torte mit meinem Namen, in Rot aufgemalt, und - ein Fahrrad! Eine Bombenüberraschung, die ich mir nie hätte träumen lassen. Da musste ich unwillkürlich an meine Familie, ihre Not, ihr Elend denken. Klar, meine Mama, die hatte ich nicht vergessen. Meine Mama war und blieb immer die größte meiner Sehnsüchte.

Dann ging die Maloche los. Zeitig am nächsten Morgen, geduscht und gefrühstückt, gespannt und gierig darauf, die erste Kanone zu befingern, stiegen wir, von zwei Kerlen mit schnittigen MPs und todernsten Visagen flankiert, in einen Nissan. Alles Reden verstummte. Wo wir ankamen, tummelten sich schon andere Mätze, acht an der Zahl, so alt und so groß wie wir und in der fiebrigen Unruhe, die sich durch ihre Bewegungen verriet, uns sehr ähnlich. Sie sahen aus, als wollten sie die Welt aus ihren Lagern reißen und für alle Ewigkeit in Besitz nehmen. Es waren Jungs, die Don Luis wie Nelson und mich mit seiner teddybärsanften Stimme überredet hatte. Jungs, wie er sie alle drei Monate rekrutierte - jeweils fünf für zwei Gruppen - und der Abc-Schützen-Riege seiner Schule zuteilte.

Die Schule beziehungsweise «das Lager» war eine Art Finca, gut getarnt hinter den prächtig blühenden Kletterpflanzen, die die Einfriedung umrankten. «Bildungsheim» stand auf dem Torschild, «Bildungsheim, Blumen der Freude». Die Übungen fanden in einem Waldstück mit zu Hindernissen aufgetürmten Autoreifen statt. Es war ein weitläufiges Gelände. Am ersten Tag streiften wir durch die Anlage, begleitet von Don Rafa, dem Feldwebel, der uns, seine neuen Zöglinge, mit Fleischeraugen musterte. Die neuen Zöglinge, das waren der Pastusito, wortkarger Typ, altersgleich mit Nelson, Fresse wie sieben Tage Regenwetter; Braulio, ein Jahr älter als ich, schmächtiger, aber größer, mit Sommersprossen und immer bereit, sich über jede Schwulität zu zerkugeln, in seiner überdrehten Art dem Penner Palogrande wie aus der Seele geschnitten; Luisito, Vater unbekannt, Mutter namenlos, fleischgewordenes Resultat eines miesen Ficks, wie er sagte, hurenseelenallein auf dieser Welt, ein Vollmondgesicht mit Hasenzähnen; und nicht zuletzt Nelson und ich. Don Rafa grinste uns unentwegt an. Er hätte verflixt gern eine Kanone zur Hand, sagte er dann, um loszuziehen und mal ordentlich reinzuknallen in das Pappmännchentheater da draußen auf den Straßen. Diese Nacht schliefen wir in einem großen Zimmer mit fünf Stockbetten. Die Gruppe der fünf anderen, mit denen wir nie ins Gespräch kamen, dürfte in einem ähnlichen Zimmer einquartiert worden sein, ebenfalls mit Stockbetten und von ihrem Feldwebel hautnah begleitet. Braulio kriegte kein Auge zu und schlug vor, Wer-am-lautesten-furzen-kann zu spielen. Bald ertönte aus allen Betten brüllendes Gelächter, weil jeder krampfhaft presste und stöhnte, um aus seinem Arsch einen gewaltigen, einzigartigen Furz rauszudrücken, so als wäre es der letzte seines Lebens.

Feldwebel Rafa, massig, kantig, muskelbepackte Oberarme, kaute die Worte, als wären seine Kiefer ein einziges Mahlwerk. Er ließ uns antreten und abzählen. Wir fanden es lustig, aber schon sauste der erste Peitschenhieb auf unsere Waden nieder. Feldwebel Rafa knutete uns in die Nüchternheit zurück. Meine Kinderchen, meine Engelchen, meine verschissenen Täubchen, hämte er, im Gelände werdet ihr die Milch rausschwitzen, die ihr zum Frühstück geschlappt, die ihr den Scheißtitten eurer verhurten Mütter rausgenuckelt habt. Bauchmuskeln hart wie Stahl und Sehnen zäh wie Leder werdet ihr kriegen, schnarrte er. Stramme Jungs werd ich aus euch hühnerbrüstigen Mätzen machen, Jungs, die sich in jeder Lage zu behaupten wissen. Alles mit hirngesteuerter, blind gehorchender Muskelkraft. Er fauchte und brüllte wie eine Bestie hinter Gitterstäben. Dann besänftigte er sich zum Schein, um uns nachher kalt zu erwischen. Wir sollten bei jedem Klappen seiner Maultierkinnlade zusammenzucken, bei jedem Fingerschnalzen erstarren wie aufgenadelte Schmetterlinge. Er hatte leichtes Spiel. Keiner wagte einen Muckser. Wir waren brav wie Osterlämmchen und hatten die Hosen bis zu den Kniekehlen voll.

Eins zwei eins zwei, schön im Takt, ihr Scheißschwuchteln. Dass mir keiner zurückfällt. Wollen mal eure lahmen Drecksärsche auf Trab bringen. Und wir liefen, liefen Dauerlauf im Gleichschritt, mit bleiernen Knochen und schmelzweichen Schenkeln. Der Körper schien mitzuhalten, er wurde leichter und lockerer mit den Runden, die wir manchmal weiter, manchmal enger zogen. Bäche von Schweiß flossen die Glieder hinunter. Und Feldwebel Rafas Kommandogebrüll nahm kein Ende. Wie ein Aasgeier schien er über dem Schmutz und der Scheiße zu kreisen, die er uns aus allen Löchern quetschte. Ich hörte seine Raubtierstimme am Kopf der Reihe, wo Braulio lief, hörte sie, die sich in mein Hirn drillte, von ganz hinten, wo ich als kleinster und jüngster der Gruppe das Schlusslicht bildete. Und mein Körper gab, was er geben konnte, er besann sich auf die Kräfte, die der höllische Marsch von Bogotá nach La Dorada geweckt hatte, mobilisierte alle Reserven. Ebenso Nelson. Während die anderen vor Erschöpfung schon heulten, wirkten wir erfrischt wie nach einem lauwarmen Bad. Ja, wir waren die frischesten und stärksten in der Gruppe. Da spürte ich wieder, wie nah mir Nelsons Blut und Lachen waren, sein Lachen, das in meinen Träumen immer mit meinem Lachen verschmolz.

Feldwebel Rafa gewährte uns keine Atempause. Sein Geschrei hagelte mit unverminderter Wucht auf uns nieder. Wir waren ihm ausgeliefert. Er konnte uns wie Fetzenbälle durch die Luft schießen, in die Pfanne hauen und in seinem Öl verbraten, mit seinem Giftspeichel zu Brei verrühren. Dann kamen die Hindernisse und mit ihnen die Wettkampfgelüste, das Wer-ist-der-Stärkere und Wer-springt-am-höchsten. Autoreifen waren der Reihe nach aufgelegt, und es galt, von einem zum nächsten zu hüpfen, wie bei Himmel und Hölle, und Gnade dem, der ins Loch plumpste; die Reifenhürden, wo es Atem holen hieß, die Pulszahl hochdrehen und den Absprung so erwischen, dass man mit beiden Beinen auf der anderen Seite landete; die Wand, an der man hochsprang, die Oberkante fasste, sich raufzog, rüberwälzte, runtersprang und gleich weiterlief, um wieder an die Reihe zu kommen und sich neuerlich die Wand hochzuarbeiten; der Stacheldrahtverhau, wo alle beim ersten Versuch, unten durchzurobben, sich verhedderten und sich die Arme zerschrammten; und schließlich der Sturzbach, wo wir durchmussten, mit seinen scharfen, hurenverfickt glitschigen Steinen.

Und Feldwebel Rafa sah sich die Sache an, grimmig wie der Stacheldraht, und ließ sich nicht ums Verrecken seines Schwanzes von den Leistungen der Mätze beindrucken, die auf dem Zahnfleisch durchs Gelände krochen. Es bereitete ihm Genugtuung, uns auszupressen wie Zitronen, uns den letzten Tropfen aus den Eingeweiden zu pumpen. An jenem ersten Nachmittag entließ er uns mit dem Spruch, den er in den zwei Wochen, die wir dem Trommelfeuer seiner Kommandorufe ausgesetzt waren, täglich wiederholen sollte: Bis morgen, ihr Memmen. Träumt süß und schlaft eure hurenverfickte Müdigkeit weg. Appell ist um Punkt sechs, kapiert? Wer mir eine Minute zu spät kommt, dem lass ich die Klabusterbeeren aus'm Arsch fliegen, klar? Keiner war an diesem Abend zu Unfug aufgelegt. Jeder klappte mitsamt seinen Klamotten in die Falle und sackte in einen tiefen, schweren Schlaf. Nur Nelson nicht. Schrottchen, Bruderschwuchtel, flüsterte er an meinem Ohr, wirst sehn, wir kommen da raus. Und dann gehört uns die Welt. Ich hörte es und sank wie ein Stein in die Federn.

Es herrschte eiserne Disziplin. Wer etwa bei den Leibesübungen pissen oder scheißen musste, dem blieb nichts anderes übrig, als es sich zu verkneifen oder sich die Hosen vollzusudeln. Zuspätkommen wurde streng geahndet. Befehle waren umgehend auszuführen, Denken war nicht gefragt. Andere dachten für dich. Aufstehen um halb sechs, kalte Dusche, Frühstück und rein in den Tag, das Pensum abspulen. Nach dem Mittagessen kurze Pause, dann von drei bis sechs wieder volles Programm. Am Abend spielten wir Tischtennis oder Mensch-ärgere-dich-nicht, oder wir hängten uns wie Zombies an die Spielautomaten mit den War Games. Nelson erwies sich dabei als Spezialist im Niedermähen ganzer Menschenhaufen, Luisito als Experte für Kopfschüsse, und der Pastusito punktete bei Herztreffern. Braulio säbelte den Männchen in bravouröser Manier die Beine weg, während ich an einem Abend gleich drei Pappkameraden umlegte.

Dann betrat der Pauker Pérez, der Fachmann für Waffenkunde, die Bühne. Dichter, leicht angegrauter Schnauzer, in Ton und Umgang eine Spur weniger schroff als Feldwebel Rafa, aber alles andere als ein Weichei. Im Gegenteil: ein Drillfritze, der uns das letzte abverlangte. Geduldsfaden aus reinster Seide. Pérez hatte Magierhände, die jede Waffe während eines Lidschlags und Klatschenhiebs auseinandernahmen und wieder zusammenbauten. Ein Meister Schnellfinger, der ins Auge des Todes zielte. Er führte uns in einen beleuchteten Raum, wo uns von einem Tisch ein Arsenal allerschönster Waffen entgegenglitzerte.

Setzt euch um den Tisch, befahl er. Jeder griff sich einen Stuhl und erstarrte im Anblick der prächtigen Dinger. Das Verlangen, die Hand auszustrecken und mit den Fingerspitzen die kalte Haut des Metalls zu tasten, war unwiderstehlich. Pauker Pérez ergriff das Wort, und keinem entging auch nur die kleinste seiner Lippenbewegungen. Vor allem und zu allererst wären wir von nun an ein Team, sagte er, ein Team in allen Lebenslagen. Keiner wäre ein loses Glied, ein frei flatterndes Fähnchen seiner hirnrissigen Launen. Keiner würde auf eigene Faust handeln, sondern ohne Zögern Don Luis' Befehle vollstrecken. Schweigend nickten wir Zustimmung. Wir würden bei ihm den richtigen Umgang mit der Waffe lernen, sagte Pauker Pérez. Wenn wir von der Schule abgingen, würden wir die Waffen in und auswendig kennen und ihre Handhabung aus dem Effeff beherrschen. Die Waffen dürften nie und nimmer dazu missbraucht werden, irgendwelche Pappmännchen kaltzumachen, bloß weil uns ihre Fresse nicht gefällt. Um geschäftsstörende Hurensöhne aus dem Weg zu räumen oder widerspenstige Aasknochen zum Rausrücken der Kohle zu bewegen, allein dazu wäre die Waffe da. Wir sollten, sagte er, ihr sollt nur in bestimmten Fällen schießen, Notwehr zum Beispiel. Waffen dürfen nicht zu öffentlichen Demonstrationszwecken getragen werden, etwa um eine Fickse auf die Schnelle an den Schwanz zu kriegen, ohne sie vorher auf die Matratze legen zu müssen. Wer sich je eine so drecksprotzige Sache erlaubt, fliegt auf der Stelle raus und kriegt eine Ladung Blei in den Arsch.

Stumm wie Austern bekundeten wir unser Okay. Dann musste jeder einen 38er Smith & Wesson nehmen und ihn küssen, als küsste er, so Pérez, die Titten der Freundin oder die Brust der Mutter. Wir führten den Befehl hundertprozentig aus, sogar den Kolben deckten wir mit Küssen ein. Dann gab er uns eine Abbildung des Revolvers, lud den seinen, drehte an der Trommel, nahm die Patronen wieder heraus und tat, als würde er auf uns schießen. Ein kalter Schauer lief mir durch die Gedärme. Wir machten uns mit der Knarre vertraut, lernten, wie man die Trommel herausklappt, wie viele Patronen drin Platz haben und wie man sie einführt, wie man die Waffe pflegt, welche Geräte für die Reinigung zu verwenden sind, wie man das Ding einschmiert. Wir spielten mit den Waffen, wir freundeten uns mit ihnen an. Das ideale Arbeitswerkzeug in unserem Gewerbe ist der West, ein langläufiger 38er, auch der Ruger und der Colt, alles supertolle amerikanische Schießeisen. Der Ruger hat einen verstärkten Lauf und einen verstärkten Schaft, da könnt ihr feuern was das Zeug hält, der geht nie heiß.

Pérez war ein supertoller Lehrer, anders als die Arschpauker und Schreckschrauben, die wir in der Schule gehabt hatten. Wirklich komisch: Nelson hatte sich mit einem Schlag in einen Musterschüler verwandelt, war urfleißig und hatte die Ohren immer auf Empfang gestellt. Es kommt eben auf die Lehrer an. Zwar konnten auch die jetzigen jähzornig und hundsgemein sein, aber im Unterricht waren sie echt Klasse. Ich sah, wie rasch und wissbegierig Nelson alles aufnahm. Bei mir dagegen haperte es mit der Fingerfertigkeit. Aber ich tat mein Bestes, um in keinem Fach zurückzubleiben. Am Abend wiederholte mir Nelson die Erklärungen der Lehrer. Er hatte sich jedes Wort gemerkt.

Die Uzi, eine 9-Millimeter-MP, lässt sich mit einem 25er und einem 30er Magazin bestücken. Ihr Vorzug liegt in der Präzision auf hundert bis zweihundert Meter. Eine kurzläufige Verteidigungswaffe, speziell für Rückzugsgefechte, superweich, reißt einen nicht gleich mit, wenn man abdrückt, jagt einem nicht den Adrenalin-Spiegel hoch, das Muttchen. Bei der ersten Schießübung konnte ich mich davon überzeugen. Also: jetzt kennt ihr die Waffen, sagte Lehrer Pérez eines Tages, heute wollen wir sie knallen lassen. Mal sehen, ob ihr genug Mumm in den Eiern habt, um die heiligen Dinger zum Krachen zu bringen.

Nachdem Feldwebel Rafa sich vier Wochen lang einen Heidenspaß daraus gemacht hatte, uns die Eier zu schleifen; nachdem Lehrer Pérez uns tagelang mit Patronenmagazinen und Patronenlagern, Sicherungsschiebern und Abzugssicherungen gequält hatte; nachdem wir mit der Geduld eines Seidenspinners gelernt hatten, wie man Patronen und Hülsen herausnimmt, wie man die Pistole zerlegt, reinigt und wieder zusammenbaut - nach all dem war es nur gerecht, dass wir für soviel Fleiß und Ausdauer auch belohnt wurden. In Reih und Glied, schweigend und erwartungsfroh, betraten wir hinter Lehrer Pérez den unterirdischen Schießraum. An der Hinterwand waren Vierecke angebracht, jedes mit einem scharzen Punkt in der Mitte, um den sich immer größere Ringe schlossen. Ihr müsst mit jedem Schuss ins Schwarze treffen, sagte Lehrer Pérez, das ist das Auge des Todes. Wer danebenschießt, verschießt das Pulver seines hurenverfickten Lebens.

Luft holen, Atem anhalten, ruhig die Hand, das linke Auge zugedrückt. Als ich meinen ersten Schuss abfeuerte, hatte ich das Gefühl, dass ich mit dem Geschoss mitflog, um es ins Schwarze zu lenken. Das Ergebnis war niederschmetternd: ich hatte die Zielscheibe verfehlt. Ich machte weiter und verbesserte meine Trefferquote in dem Maße, in dem es mir gelang, durch die Kontrolle der Atmung den Puls zu drosseln. Nelson entpuppte sich als wahrer Meisterschütze, er konnte einer laufenden Ratte auf zwanzig Meter das Leben auspusten. Die nächstbeste Trefferausbeute erzielten Luisito und der Pastusito. Braulio und ich hingegen waren zu nervös, zu fickrig. Aber mit der Übung wurden wir ruhig. Ich träumte, dass ich mich am Schießstand befand und auf die reglosen Augen einer Tarantel zielte, die stracks auf meine Augen zukrabbelte. Ich schoss und schoss, aber die verdammte Spinne krabbelte weiter, langsam, ganz langsam, die kannte das Gift ihres Zahns.

Don Luis schien eine seltene Vorliebe für Nelson und mich zu haben. An den Wochenenden ließ er uns immer zu sich kommen, und dann musterte er uns, schnüffelte in unseren Gedanken, betrachtete sich die äußeren Veränderungen. Er stellte die üblichen Fragen, wie es in der Schule lief, ob die Lehrer streng wären und so, lud uns zum Abendessen ein und machte uns betrunken mit Medellín-Rum, dem er Coca-Cola beimischen ließ. Er selber schlürfte Chiva mit Eis aus einem nie zu knapp eingeschenkten Glas. Dabei amüsierte er sich köstlich über die Geschichten, die Nelson zum besten gab, dass er der beste Patronenverwerter in der Gruppe wäre, dass die Ringe auf der Zielscheibe wie Wackelpudding schlotterten, wenn er sie ins Visier nehme.

Bravo, bravo, applaudierte Don Luis begeistert, als würde er für einen Augenblick aus seiner Einsamkeit schlüpfen. Ich sehe, ihr gehört schon ganz zu meinen Jungs. Glaubt mir, Nelson und Ramón Schrott, ihr seid für mich wie meine eigenen Kinder. Er gab uns Geld, obwohl wir gar keins brauchten, weil wir in der Schule ja bestens versorgt waren. Sagt mir nur, wenn ihr etwas braucht oder euch etwas kaufen wollt. Geniert euch nicht, Jungs. Wir hatten ein wirklich gutes Verhältnis zu ihm. Ich weiß nicht, warum, aber ich empfand für Don Luis Zuneigung und Zärtlichkeit, wie sie ein Kind für seinen Vater empfindet. Wenn ich als Kind allein war, hatte ich mich oft nach einer Umarmung meines Vaters gesehnt, aber der kapselte sich immer nur ab, und dann schoss der Hass in mir hoch.

In Planungskunde hatten wir den Pauker Montalvo, einen Costeño, dunkelhäutig, glattes Haar, die Augen hinter seinen Brillengläsern in Denkermiene zusammengekniffen, wenn er sein Wissen vor uns ausbreitete. Aus seinen Blicken, seinen Worten, aus jeder seiner Gesten sprühte eine Intelligenz, die uns hypnotisierte. In Planungskunde, sagte er, die Finger beider Hände ineinander verschränkend, in Planungskunde werden wir lernen, wie man einen Auftrag nach allen Regeln der Kunst durchführt. Die Auftragsausführung bedarf gründlicher Vorbereitung. Nichts darf dem Zufall überlassen bleiben. Ankunftszeit am Tatort, Anfahrtsweg und Fluchtwege müssen exakt festgelegt sein. Die Anzahl der erforderlichen Einsatzkräfte, ihre Standorte, die Art der Waffen müssen genauestens kalkuliert sein. Die Dauer der Operation einschließlich des Rückzugs muss einer präzisen Berechnung unterzogen werden. Kurz: Planungskunde ist Logistik humaner und materieller Ressourcen, das bedeutet, die optimale Bereitstellung von Menschen und Waffen unter Berücksichtigung aller zeitlichen Faktoren ... hämmerte es in unseren Ohren. Zwei Wochen lang lauschten wir Montalvo mit gefesselter Aufmerksamkeit. Die sichere Hand, mit der er verschiedenste Szenarien künftiger Einsätze an der Tafel skizzierte, hatte etwas Unheimliches. Und sie gab einem die absolute Gewisssheit, dass bei einer so ausgefeilten und bis ins letzte Detail durchdachten Planung nichts schief gehen konnte.

Wenn Montalvo in seinem professoralen Ton dozierte, schien er sich zu einem höheren Wesen zu verklären, ein seltsames Licht umstrahlte seinen Kopf, umglänzte den durchdringenden Blick seiner schlitzigen Augen. Montalvo hatte in seinen grauen Zellen die Abläufe von so ziemlich allen Coups gespeichert, die in den vergangenen fünf Jahren in Medellín über die Bühne gegangen waren. Er war eine richtige Bibel in diesen Dingen. Leidenschaftlich und genau habe er sämtliche Zeitungsberichte nachgelesen, erzählte er, die Einschätzungen der Polizei festgehalten und manchmal sogar die Ausführenden selbst befragt. Montalvo übte großen Einfluss auf uns aus. Nelson fing schon an, eigene Coups zu planen. Luisito, der Pastusito und ich waren seine fleißigsten und besten Schüler. Aber wir überließen die strategischen Dinge lieber der Phantasie anderer und begnügten uns mit der Rolle von Befehlsempfängern. Nur Braulio gefiel es nicht, dass sie ihm das Hirn mit Planungsgesülze verkleisterten, wie er sagte. Planung? Die hab ich in den Fingern der rechten Hand, prahlte er.

Abschiedsschwer blickte Lehrer Montalvo am letzten Tag in die Runde. Er beschwor noch einmal unseren Teamgeist, mahnte ab von Alleingängen und Spontanaktionen und wünschte uns einen erfolgreichen Start ins Berufsleben. Wir standen geschlossen auf und drückten uns an ihn. Da kriegte der Mann nasse Augen. Siehste, dachte ich mir, der hat ein Herz, ein Herz, das sich wie in den Moritatenliedern auf Schmerz reimt.

Wir spürten einen nicht mehr zu bändigenden Tatendrang. Kaum zu bremsen waren wir vor lauter Übermut. Nelson gierte darauf, das erste Ding zu stoßen, Braulios ausgeklinkter Killerfinger ballerte auf imaginäre Pappmännchen, die schon mausetot am Boden lagen, Luisito machte es ihm nach, und der Pastusito quittierte es mit Gelächter. Ich aber, ich würde von nun an die Befehle meines Bruders ausführen und immer sein Komplizenschatten sein. Gemeinsam würden wir ein großes Team bilden.

Nach drei Monaten gingen wir von der Schule ab. Es gab eine kleine Feier bei Don Luis. Vereint in der Freude über den längst herbeigesehnten Abschluss gondelten wir an und wurden am Eingang von seiner Gattin begrüßt, einer wahren Schönheit, großgewachsen, gertenschlank, rotgeschminkte

Lippen, extralange rotlackierte Fingernägel, die Augen grün und kokett blickend, elegante, zeitaufwändig drapierte Turmfrisur. Nur hereinspaziert, meine Jungs, herzliche Glückwünsche! sagte sie mit diesem gepflegten Ton, den man wohl an den besten Privatschulen Medellíns auf den Lebensweg mitbekommt. Sie reichte jedem die Hand und tätschelte uns liebevoll die Schulter. Don Luis lächelte zufrieden in seinem schwarzen Anzug mit Krawatte, wohl über die guten schulischen Leistungen, die man ihm von uns berichtet hatte. Er empfing uns mit kräftigem Händedruck und stellte uns seine beiden Söhne vor, einen schlanken, wohlgestalteten Jungen von fünfzehn Jahren und einen lächelnden, gut gebauten Sechzehnjährigen. Es herrschte Feststimmung. Die Alte, die wir längst kannten, brachte Rotwein und Don Luis erhob sein Glas und stieß auf uns an, wobei er jeden bei seinem Namen nannte.

Dann ließ er es sich nicht nehmen, den feierlichen Akt mit einer kleinen Rede zu garnieren. Gescheite, wohlgesetzte Worte, vorgetragen mit dem nötigen Gespür für Pausen. Er wünschte uns alles Gute für unsere künftige Arbeit, jeder sei seines Glückes Schmied und so weiter. Dann gab es den üblichen Beifall. Nelson, scheu, in die Abgründe seiner Gedanken abgetaucht, lächelte gequält, als müsste er gute Miene zu einem bösen Spiel machen. Braulio schien innerlich zu tanzen. Das fortwährende Zucken seines Killerfingers war zu einem richtigen Fimmel geworden, in einem fort ballerte er unter hämischem Gekicher mit seinem eingebildeten Revolver auf eingebildete Opfer. Luisito stand so stramm wie bei Feldwebel Rafa in der Grundausbildung, und der Pastusito machte Jagd auf stumme Ameisen, das Mundloch zugeklappt, wie umsponnen von den Fäden der Seidenraupe. Ich - ich war gelassen, dachte an meine Kindheit zurück, die sich auf einer heißen, mittagsöden Landstraße immer weiter von mir entfernte.

Das größte Überraschungsei war der Auftritt eines lebensechten Pfarrers, eines Typs mit Brille, Soutane, tragbarem Messaltärchen und zwei Ministranten. Der Mann Gottes schneite herein wie ein verirrtes Gespenst, entschuldigte sich für seine Verspätung, ließ sich von den bemalten Lippen der Señora die Hand küssen, begrüßte die beiden Söhne von Don Luis sehr freundschaftlich. Es sah aus, als gehörte er zur Familie. Er zelebrierte eine verkürzte Messe, schickte ein frommes, inbrünstiges Gebet zum Himmel und endete mit einem Halleluja auf das Leben, das über den Tod triumphieren müsse. Wenn freilich der Tod eines Tages an die Tür klopfe, sollten wir ihn mit offenen Armen aufnehmen. Es sei Gottes Ratschluss, der dem Menschen den Tod schicke, darum sollte der Mensch ihn auch mit Frohlocken empfangen, sagte er, als er uns den Segen spendete. Don Luis bat den Pfarrer, uns in seine Gebete mit einzuschließen. Dann hieß er uns Aufstellung zu einem Gruppenfoto nehmen. Die Kamera nahm uns ins Visier und verewigte unsere lächelnden Gesichter für das Spezialalbum, in dem Don Luis die Fotos aller Absolventen seiner Schule aufbewahrte.

Die Feier dauerte bis zum späten Nachmittag. Don Luis war schon leicht angedüselt, als er sich von seiner Frau und seinen Söhnen verabschiedete. Es wurde wieder still im Haus. Pastusito, Luisito und Braulio brachen ins Lager auf, aber Nelson und ich blieben noch da. Don Luis hatte uns nämlich etwas zu sagen. Ich habe eine kleine Überraschung für euch, lächelte er. Zwei süße Püppchen ... Und morgen machen wir einen Ausflug. Besser gesagt, ihr macht einen Ausflug, und zwar an die Karibikküste, nach Cartagena, damit ihr eine Woche ausspannt und euer Gedächtnis verarbeiten kann, was ihr in der Schule gelernt habt.

Wir waren von den Socken. Dass da zwei Püppchen auf uns warten und wir am nächsten Tag für eine Woche nach Cartagena fahren sollten, beglückte und verdatterte uns so sehr, dass wir Don Luis am liebsten um den Hals gefallen wären und «Danke, Papi!» gerufen hätten. Aber er war kein Mann von schwuchteligen Umarmungen und Rührseligkeiten. Ihr werdets mir mit eurer Arbeit danken, sagte er, der über die Gefühlswelten anderer so gut Bescheid wusste. Drehte seinen geschmeidigen Körper und ging ab.

Wie einer, der sich bei Frauen auskennt, steuerte Nelson geradewegs auf die Puppe seiner Wahl zu - wahrscheinlich die ältere der beiden, obwohl keine älter als vierzehn war - und schleppte sie ab. Lass uns aufs Zimmer gehen, sagte Nelson, so, dass ich es hören konnte. Sie folgte ihm wie angebunden. Ich wusste nicht, was ich mit meiner tun sollte. Die grinste nur über meine saublöde Hilflosigkeit. Was sollte ein neunjähriges Bübchen auch anfangen mit diesem vom Himmel gefallenen Törtchen! Komm, Ramón Schrott, schienen ihre Honiglippen zu sagen, lass dich von mir führen, wir werden einen Riesenspaß haben.

Ich verkroch mich in meine Gedanken, ich wollte davonlaufen und wollte doch auch meinen Mann stehen. In den Kellerlöchern meiner Zweifel verloren, spürte ich plötzlich, wie sie meine Hand berührte, hörte, wie sie fragte, wo ich schliefe, sah, wie ich benommen auf das Zimmer im Hof zeigte. Gehen wir, sagten ihre sanften Finger und führten mich, als würden sie den Weg kennen. Ich war verloren. Ich wusste, dass ich es tun musste, weil Nelson es auch tat. Wir setzten uns auf das Bett, und sie begann mit der Erkundung des Geländes, wie der Pauker Montalvo sagen würde. Wie heißt du denn, fragte ihre sanfte Stimme. Ramón, sagte ich, den Schrott weglassend. Hübscher Name. Und wo kommst du her? Aus Bogotá. Hübsche Stadt, was? Ja, hübsche Stadt. Ich biss mir auf die Zunge, um nicht zu sagen verlauste Drecksstadt. Bist du schon lange in Medellín? Ein gutes Jahr. Hast dus schon mal mit einer Frau gemacht? Die Zunge flutschte mir in die Ferse. Na klar, mit tausend Weibern hab ichs schon gemacht, hätte ich am liebsten herausgeplatzt, aber mein hurenverficktes Schweigen sagte, was zu sagen war. Da sie mit mundstillen Kindern Erfahrung hatte, fragte sie mich gottlob nicht nach meinem Alter. Ihre Hände würden es erkunden. Sie fing bei den Füßen an, glitt die Schenkel hoch und legte in der Körpermitte einen längeren Halt ein, um das Kaliber meiner Pistole zu bestimmen. Ich weiß nicht, was sie gedacht haben mag, als sie das eingerollte Dingelchen durch die Jeans ertastete. Dann schob sie die Hände unter mein Hemd, überraschte meine Brustnippel, drückte sie sanft mit den Fingerkuppen. Schließlich streichelte sie mir das Haar und drückte die stacheligen Borsten nieder.

Sie heiße Jasmin, sagte sie, ich bräuchte mich nicht zu schämen wegen meiner Verlegenheit, sie könne mich gut verstehen. Ich wünschte, sie würde mich wirklich verstehen und mich in Ruhe lassen mit meiner Traurigkeit eines total überforderten Knaben. Zugleich wollte ich aber auch ihren nackten Körper sehen und mich in ihren Armen wegträumen. Sie verstand auch dieses Mal, nahm meine Hände und führte sie zu ihren runden Tittchen. Die Erkundungsreise unter ihrer einfühlsamen Führung begann mir den Verstand zu rauben. Sie wies meinen Händen den Weg in tiefere Regionen, und meine Finger spielten mit dem Grübchen ihres Nabels, wanderten weiter und gelangten in einen dichten Wald, wo sie in die feuchte Höhle eintauchten. Sie ließ meinen Fingern freies Spiel, ließ sie die Tiefe der Höhle ausloten. Dann öffnete sie den Reißverschluss meiner Jeans und holte meine Neun-Millimeter raus, aber das schrumpelige Ding wollte um nichts in der Welt aus seinem Schlaf geweckt werden. Sie streichelte es mit geübten Fingern, und langsam bäumte es sich auf und wurde steif, steif wie jeden Morgen. Die Puppe war bereits bis auf ihr schwarzes Höschen ausgezogen, eine Luftspiegelung wie auf der Straße nach Medellín, so kam mir alles vor. Verschreckt wie eine Nonne schielte ich hinüber, dabei hätte ich sie am liebsten voll angeglotzt, um mir keinen Millimeter ihrer Pracht entgehen zu lassen. Ihre zauberhaften Hände hatten mich im Nu aus meinen Klamotten geschält, jetzt fing sie an, meinen Körper abzuküssen wie ein von Blume zu Blume flatternder Schmetterling. Ich rutschte auf die Knie, wollte sie anbeten, sie zog mich, der ich völlig von Sinnen war, wieder in ihre Hügelwelt hoch, ich versuchte mich leicht zu machen, aber ihre Arme umschlangen mich, ihre Finger glitten an meinem Rücken langsam auf und nieder, umklammerten meine Pistole und schoben sie in den warmen Schlund, ich überließ mich einem reißenden Strom, einem alles verschlingenden Strudel, trieb wie ein entwurzelter Baum in dem Wasser, das wogte und wirbelte, bebte und zuckte... Jasmin... Jasmin... brüllte ich und schoss zum ersten Mal los.

Vier

«Das eigene Blut fließt, pulst unter Schmerzen, das Blut der anderen stockt und macht den Atem gefrieren», sagt er mit abwesendem Blick. Die Pendelbewegung der Hängematte hypnotisiert ihn. Mit geübtem Stoß des rechten Fußes hält er sie am Schwingen. Er scheint es zu genießen, dieses schaukelnde, nur seinem Willen unterworfene Liegen. Wäre der entsprechende Hintergrund, der Strand von Cartagena vorhanden, würde man ihn für einen vollendeten Pascha halten. So aber ist Schrott nur ein Müllpascha, ein Schrottpascha, wie er sich selbst nicht ohne Humor bezeichnet, dem der Geruch von Fäulnis und Verwesung längst zum Identitätszeichen geworden ist.

«Man fühlt ihn nicht, den Tod des andern. Du musst ihn zertreten, sagst du dir, es ist dein Job, und du willst ihn gut machen. Da guckst du nicht, ob der Kerl mit offenen Augen daliegt, du willst nur sichergehen, dass er sich nicht mehr rührt, dass er verblutet und nicht auf die Idee kommt, dir eine Kugel in den Rücken zu jagen. Du freust dich, dass alles gut gelaufen ist und haust ab ... Schon am nächsten Morgen ist sein Gesicht zu einer Nummer verblasst. Klar - der Augenblick, in dem du abdrückst, der kerbt sich in dein Gedächtnis.»

Plötzlich hört er zu schaukeln auf, als müsste er sich einer ungeheuren Last entgegenstemmen. In sich versunken sitzt er da, die Füße reglos, und lässt die Hängematte in der Horizontalen verharren. Die Stille, die von ihm ausgeht, ist so dicht, dass nicht die Spitze einer Stecknadel in ihr Platz fände. Sein Schmerz verfolgt ihn in Gestalt eines blutverschmierten weißen Lakens. Es ist das Laken, das den toten Leib seines Bruders Nelson umhüllt.

«Das eigene Blut fließt in der Angst vor dem Schicksal, das uns ereilt, wenn das Leben wie ein dammloser Sturzbach tost. Das Blut des Bruders schärft das Gefühl für die Nähe des Todes; der Tod hört auf, ein vages Vorgefühl zu sein, er wird zur handfesten Wirklichkeit, die ihre Pranken auf unsere Schultern haut. Man begreift, dass man jederzeit unter einer einsamen Brücke sterben kann, während Erinnerungen aus der frühesten Kindheit in uns aufsteigen. Man versucht diese Erinnerungen zurückzuholen wie einen losgerissenen Kahn, der im Sog einer kräftigen Strömung den Fluss hinuntertreibt. Aber keiner hört das Jammergeschrei... Dann wird aus dem Brudertod ein einziger, jedes Leben, jedes so fremde Menschenleben bedrohender Tod.»

Das Meer. Das weite, endlos weite, unendliche Meer. Das Meer mit seinen grundlosen Tiefen, das wir nur aus dem Fernsehen kannten. Die fünf Kumpels von der Schule - Nelson, Braulio, Luisito, der Pastusito und ich - hockten am Strand von Marbella und trauten unseren Augen nicht. Überwältigt von dem Schauspiel, das sich den Sinnen bot, blickten wir auf das Meer von Cartagena, das alle Flüsse der Welt geschluckt zu haben schien. Spielten fangen, bewarfen einander mit Sandbällen, bis die Augen brannten und wir nichts mehr sehen konnten, gaben uns unbekümmert und nichtsahnend der prallen Gegenwart dieses Stromes hin, den man Meer nennt.

Wir spielten, wer die tiefsten Spuren in den Sand drücken konnte, dann flehten wir die Wellen an, sie nicht auszulöschen.

Wir jauchzten, wenn die Abdrücke unbeschadet davonkamen. Schwappte aber eine Woge drüber und blieb kein Dellchen von uns zurück, gab es zerknirschte Mienen, als hätten wir mit dem weggespülten Fußabdruck einen unwiederbringlichen Verlust erlitten. Nelson hatte sich zum Boss aufgeschwungen. Und seine Entscheidungen, seine bloßen Gesten wurden von allen akzeptiert - wie die Befehle von Don Luis oder Feldwebel Rafa. Also dann, sagte er, den Chef markierend, wir werden jetzt spielen, womit man die Wellen vergleichen kann, wenn sie an den Strand rollen. Außer dem Spielverderber Braulio waren alle dabei. Ich spiele keine Schwuchtelkinderspielchen, höhnte er wie ein ausgewachsener Macker. Drehte sich um und stapfte davon. Wir andern aber ließen uns fesseln von den Bewegungen der Wellen, die weiße Schaumfontänen spien und hurtig über den Sand kollerten. Der Pastusito angelte nach einem Gedanken. Die Wellen, sagte er, der als Favorit in das Phantasiespiel ging, die Wellen sind Fische, die vom Meer geschubst werden und Purzelbäume schlagen. Wenn sie anlanden, sterben und versinken sie. So kommen sie wieder ins Meer zurück, wo ihre Leiber zusammengeflickt werden, damit sie neuerlich Purzelbäume schlagen können. Wir klopften ihm auf die Schultern, die einen so gewaltigen Phantasiekasten zu tragen vermochten. Luisito war der nächste. Nachdenklich legte er die Hand ans Kinn, ließ die dicke Zehe des rechten Fußes im Sand kreisen und buddelte ein Loch zum Zeichen seiner Einbildungskraft. Die Wellen sind Hunderte weißer Laken, mummelte er, sie sind mit einem unsichtbaren Draht verknotet, der sich durch das ganze Meer zieht. Der Wind flappt in sie rein, der Draht reißt, und die Laken klatschen an den Strand, heillos verdreckt, nur notdürftig mit Schaum maskiert. Da schlug sich Luisito auf die Brust, hämmerte los wie ein rachitischer Zwergtarzan, um seiner Phantasie den gebührenden

Applaus zu zollen. Auch wir jubelten und spendeten mit den Sandgeschossen, die auf ihn runterprasselten, kräftigen Beifall. Nelson tat ein paar Schritte nach links, hielt inne, ging nach rechts. Dann blieb er stehen, verschränkte die Hände auf dem Rücken und legte los: Die Wellen sind weiße Pferde, sie werden von der geheimen Hand des Meeres verfolgt, darum sprengen sie im Galopp davon. Am Strand lösen sie sich in Sand auf, so entwischen sie dem Mörderarm des Meeres, knatterte er wie eine bellende MP. Schütterer Applaus, um seine Bossallüren zu dämpfen.

Jetzt war ich an der Reihe. Wehmütig dachte ich an den Penner Palogrande. Möglich, dass er gerade irgendeinem Strand der Atlantikküste seine Fußstapfen reindrückte. Möglich auch, dass er von Dursthalluzinationen genarrt, irgendeine gottverlassene Passstraße hinauftrottete. Ich lenkte meine ganze Einbildungskraft in die Schale, die ich mit den hohlen Händen formte. Tat langsame Schritte und hockte mich still in den Sand. Ich wartete, bis eine Welle an meinen Füßen verebbte, und sah ihr Wasser aus der Schale meiner Hände sickern. Zurück blieben Bläschen aus Schaum. Ich sah darin Tausende winziger Äuglein, die mit Tausenden Blicken die Strände des Erdballs absuchten. Es waren die Wanderblicke des Meeres. Und ich schrie es hinaus, aus vollen, von der Glut des Marbella-Strandes entflammten Lungen, schrie ich es hinaus. Die Wellen, das sind die geheimen Augen des Meeres, schrie ich. Die Wellen tragen die Augen des Meeres auf dem Rücken. Einmal am Strand, zersprühen sie in Tausende von Blicken, um die Geheimnisse der Welt zu sehen... Ich war noch nicht fertig, da kniete sich Nelson vor mich hin und wisperte: Ramonchen, brems dich ein mit deiner Hurenphantasie. Zeig sie mir mal, die Augen des Meeres, und blickte in meine hohlen Hände. Und alle vier, auch Braulio, der zurückgekommen war, taten dasselbe: Sie spreizten die Beine und füllten ihre Schale in der Brandung, ließen das Wasser verrinnen und sahen, wie Hunderte von Meeresaugen an der Haut ihrer Hände haften blieben. Die Augen weiteten sich für einen Moment, dann zerplatzten sie und waren für immer verschwunden. Die Arschlöcher verweigerten meiner Phantasie den Beifall. Im Gegenteil: ich wurde an Händen und Füßen gepackt, hochgezerrt und unter ausgreifendenden Schaukelbewegungen fortgeschleppt. Ich platschte gegen eine riesige Welle und schluckte so viel Wasser, dass ich glaubte, der Magen würde bersten. Als ich zurückwankte, herrschte konzentriertes Schweigen: die Schwuchteln waren damit beschäftigt, die Augen des Meeres mit den Händen einzufangen.

An diesem Nachmittag am Strand von Marbella wurde mir eins klar: Das Spiel mit den Meeresaugen war das letzte Spiel unserer Kindheit gewesen. Andere Spiele erwarteten uns, Männerspiele, die wir mit wachem Auge und flinkem Finger würden spielen müssen. Ich spürte es, als würde es mir das Herz aufschneiden. Aber ich sagte Nelson kein Wort.

Unser erstes Ding war ein Juwelenladen. Die Sache steigt morgen früh acht Uhr. Jeder kriegt eine Pistole und zwei Magazine. Gewalt ist nach Möglichkeit zu vermeiden. Am liebsten wär es mir, wenn ihr den Auftrag ohne einen Schuss erledigen könntet, sagte Don Luis lächelnd, in der Zuversicht, dass wir das Ding ganz nach seinen Vorstellungen abwickeln würden. Wir haben eine Minute, maximal anderthalb Minuten Zeit. Einer bleibt bei der Tür, einer im Wagen. Die anderen drei gehen hinein und fesseln den Juwelenfritzen. Den Klunker werft ihr in zwei Rucksäcke. Der Auftrag ist eine Probe für uns Neuen. Ob bei uns die Teamarbeit klappt. Wir fingen nicht mit Killerjobs an, die sollten später kommen, wenn wir schon ein bisschen abgebrüht wären.

Punkt acht fuhren wir an Bord eines schwarzen Renault 18 vor. Nelson und ich hatten uns beim Einsteigen umarmt, hatten Kraft getauscht. Ramonchen Schrott, heut ist unser großer Tag, hatte mir mein Bruder ins Ohr gehaucht. Hab keine Sorge, alles wird gut gehn. Seine Nähe, seine coole, bombensichere Art gaben mir Mut. Ich fühlte mich schon wie ein richtiger Revolvermann. Im Wagen dann kriegte ich Manschetten, das Herz schlug mir bis zum Hals rauf. Ruhig Blut, Schrott, sagte ich zu mir, alles wird gut gehen. Nelson lässt dich nicht im Stich. Aber das Herz bollerte weiter, als wollte es zerspringen. Wenn alles klappt, hatte Don Luis gesagt, werdet ihr so viel Kohle in der Tasche haben, wie ihr euch nie hättet träumen lassen. Und um die Angst zu verscheuchen, träumte ich von einer Decke aus Geldlappen, die mich in kalter Nacht wärmte.

Dann stehe ich schon bei der Tür, die Knarre schussbereit am Hosenbund, unterm Hemd versteckt, die Augen sperrangelweit aufgerissen, um jede verdächtige Bewegung zu registrieren. Der Laden befindet sich in der Mitte eines Häuserblocks, in dem es jede Menge Juweliere gibt. Nelson, Braulio und Luisito gehen rein. Im Wagen geblieben sind der Chauffeur und der Pastusito, er soll den Rückzug decken. Eine Ewigkeit vergeht. Mir ist, als würden meine Schuhsohlen am Gehsteig anwachsen. Da sehe ich, wie Nelson aus dem Laden kommt. Lächeln, komplizenhaftes Augenzwinkern. Braulio und Luisito folgen ihm. Wir schmeißen uns in den Wagen. Kein Schuss ist gefallen, niemandem ist ein Haar gekrümmt worden. Ganz nach Wunsch von Don Luis. Wir fahren zwanzig Häuserblocks weit, dann wechseln wir den Wagen. Nelson steigt seelenruhig in ein Taxi.

Zurück ins Lager. Nach zehn Minuten wird Don Luis vom Chauffeur angefunkt. Alles okay, Boss. Zwanzig Minuten später trifft der Alte im Lager ein. Er weiß bereits Bescheid über die Höhe der Beute, gratuliert uns aufs Allerherzlichste. Nicht weniger als anderthalb Millionen Pesos, mehr als ein großes Paket verdiente er an dem Tag. Auch für uns fiel ein schöner Batzen ab. Ich kriegte ein halbes Milliönchen, den älteren legte er noch mal was drauf, als er die Ware abgesetzt hatte. Ein paar Tage später ließ er Nelson und mich zu sich kommen. Also, meine Lieben, sagte er, die Zigarette in der einen, den Drink in der andern Hand. Ich habe mir überlegt, dass es besser ist, wenn ihr in eine Pension zieht. Nicht dass ich euch auf die Straße setzen will. Ich finde nur, es ist an der Zeit, dass ihr selbständig werdet, dass ihr unbehelligt euer Leben führen könnt ... Noch am selben Tag zogen wir in die Pension, und am Abend stürzten wir uns selbständig und unbehelligt in das Vergnügen, das in Medellín Zentrum brodelte. Das Leben ließ jetzt alle Hüllen fallen, breitete aus, was es hatte und was wir verlangten. Wir nahmen uns, wovon wir träumten, träumten, was wir uns nahmen. Wenn wir durch die Stadt schlenderten, streckten wir einfach die Hand aus nach den Dingen, die uns früher verwehrt waren - früher, als wir nur das hurenverfickte Elend kannten, diese alles zerfressende Säure der Erniedrigung, die man täglich ins Gesicht geschleudert bekam. Jetzt hatte sich das Blatt gewendet. Unsere Taschen waren mit großen Lappen gestopft. Und wer die Knete hat, dem bleibt keine Tür verschlossen.

In Medellín tummeln sich die Kids in affengeilen Schuppen, wo die Musik dröhnt und jedes Puppenloch nach einem Finger lechzt. Die Stimmung schießt hoch wie gequirlter Schaum, in den Adern hämmert besinnungslose Erregung und schüttelt einem die Müdigkeit aus den Gliedern. Braucht einer einen gefälschten Ausweis, kriegt er ihn dort geschenkt. Es gibt Typen, die beschaffen alles, Reisepässe, Führerscheine, Dokumente aller Art. Brauchten wir aber nicht, weil wir mit unserer Kinderfratze, unserer Unschuldsmaske jede Kontrolle passierten. Die Kohle verfeuerten wir, dass es eine Freude war, schafften uns Klamotten an, wie das Auge es wollte. Dann schmierten wir in Markenkluft übers Pflaster, mit einem Lächeln von Ohr zu Ohr. Zum Einrahmen!

Wir gingen zu den Nutten. Sie saßen still da, die ganze Ware in die Auslage gestellt. Wir nannten sie Drecksnutten, weil sie es mit allen machten. Wer weiß, mit wie vielen Kerlen es so eine jede Nacht treibt und das Vieh auf sich rumsuhlen lässt… Sie waren lecker zum Anbeißen! Kassierten vorab und ließen dich dann auf deine Kosten kommen. Waren auf Zack in jeder Stellung. Klar, mit der Uhr nahmen sie es hurgenau. Du bist noch ganz fickrig und willst noch zigmal rein, aber schon ist der Film aus und die Lady wieder in ihre Klamotten geschlüpft. Mit ihrem Gestreichle und ihrem honigsüßen Geplapper, das mal stimmte, mal gelogen war, aber immer wie Musik in unseren Ohren klang, pellten uns die Drecksnutten aus unserer hurenverfickten Unschuld. Sie machten uns zu Mannskindern mit Dauerständer. Nelson wollte sich jede Nacht auf ihnen sattfressen. Sein Appetit war nicht zu zügeln, seine Neun-Millimeter immer scharf geladen. Ich wollte ihm in seiner Gier nach Nuttenfleisch nicht nachstehen, und wenn er mit einer aus dem Zimmer kam, schob ich mit einer anderen ins nächste. Dann flunkerte er mir vor, wie oft es ihm gekommen wäre, mit Augen, die glasig waren vor Lust und Erschöpfung. Schüchtern berichtete ich von meinen Leistungen. Er lächelte und schloss den Ring seiner Bruderarme um mich. Ramón Hosenmatz, schnallste eigentlich, dass wirs geschafft haben?

Dem Alten gefiel, dass wir es mit den Frauen hatten. Er beschaffte uns sogar selber welche, bei diesen Agenturen, die einem fünfzehn-, sechzehnjährige Nixen auf Bestellung ins Haus schicken. Rief einfach an und sagte, ich brauche ein paar Mädels für heut abend. Und dann tanzten sie an, die Schnuckis, stöckelten rein in die Pension und los ging der Spaß. Paradiesisch, kann ich nur sagen. Stoff genug für die Träume, die wir träumten, wenn wir nachher eindösten ... Auch der Alte war kein Kostverächter. Einmal, wir waren unangemeldet bei ihm aufgekreuzt, ertappten wir ihn gleich mit dreien! Mit drei Händen wollte er naschen, der Nimmersatt. Es war ein Leben in höchsten Sphären, eine seelische Aufrüstung für das, was auf uns zukommen würde. Für die vielen Überraschungen, die vielen bösen Schatten, die urplötzlich über einen herfallen. Jetzt, wo mir die Finger nicht mehr zitterten, sah ich voller Ungeduld meiner Feuertaufe entgegen. Ich wollte mir und aller Welt beweisen, dass ich für den Beruf taugte.

Die Bude, in der wir schliefen, war der reinste Luxus. Überall Teppiche, die Betten daunenweich, eigenes Bad, angeschlossenes Restaurant, wo wir täglich speisten. 6000 Pesos die Nacht berappte Don Luis für Kost und Unterkunft. Er mietete monatsweise. Wir spielten Billard, tranken in der Bar und schwammen im Wohlstand.

Dann tauchte der Junkie mit dem Basuco auf. Er war zugedröhnt und lallte was von einer wunderbaren Reise in eine Welt, in der alles andersherum wäre, wo man ein anderes Tempo draufhabe, dahindüse wie ein Formel-I-Bolide. Mit zwei Lungenzügen ziehe man sie sich rein, die schöne andere Welt, in der es keine Würgeschlingen gäbe und keine Gespenster, die dir ihre mörderischen Fänge ins Fleisch krallen.

Der Junkie ließ uns die Joints da, und wir, verrückt wie wir waren, fingen an, uns den Basuco reinzuziehen. Wir fanden nichts dabei, wir wollten ja nur mal fliegen. Das Aroma ist bemerkenswert, tausendmal besser als eine Selbstgedrehte, eine Mustang oder ein Brathuhn. Wenn du so einen Joint rauchst, kannst du nicht mehr aufhören, du willst auch nach dem hundertsten noch weiterkiffen, bis die letzten Möpse weg sind. Das ist nicht so wie bei einer normalen Lulle, wo du mal ausrauchst und eine Zeitlang wartest, bis du dir wieder eine ansteckst. Nee, beim Basuco, da zündest du dir gleich die nächste an, der Körper schreit danach, schreit nach immer mehr, lässt dir keine Ruhe. Das Verlangen kauert in den Augenwinkeln, unstillbar, die Hände sind fahrig, zucken aus wie vom Rappel gepackt. Du bleibst an die süße Begierde gekettet, wirst von der Stimme des Abgrunds angelockt wie die Motte vom Licht. An dem Tag kriegte ich sie nicht, die Panik, das Zeug warf mich wirklich nicht um. Nur das Aroma hatte es mir angetan. Nelson ging es genauso. Aber forsch wie er war meinte er, man sollte sich mehr davon ins Hirn blasen. Zwei Tage vergingen, dann kifften wir wieder. Erst beim dritten Mal aber haute es so richtig rein. Voller Gier hatte ich die Lulle bis zur Hälfte geraucht, da spürte ich, wie das Herz zu rasen anfing und die Angst heraufkroch, es war, als wenn dir zwanzig Bullen auf die Bude rücken, um ihre Magazine an dir leerzuschießen. Du liegst da, wehrlos, schweißgebadet, an Händen und Füßen gelähmt, und musst zusehen, wie sich dein Körper unter dem Kugelhagel in eine Blutlache verwandelt. Du willst auf der Stelle tot sein, aber der Tod hat keine Eile, du hörst seine Stimme, sie gibt dir Ratschläge, wie du seine Ankunft hinauszögern kannst. Du willst das Leben schon abfahren lassen, so schaudert dir vor dieser madenspeienden Angst, einer Angst, als hättest du deine Mama umgebracht. Die ganze Familie ist versammelt, dein Scheißvater, deine Geschwister, und alle zeigen mit dem Finger auf dich. Und die Mama im Sarg erhebt sich und zeigt ebenfalls auf dich, ihre Augen sind voller Hass. Niemand hört deine Unschuldsbeteuerungen, du bist gefangen in einem riesigen Netz der Schuld. Du willst weglaufen, aber deine Beine bewegen sich nicht, du willst schreien, aber sie hören deine Stimme nicht. Die Welt ist taub, und du zappelst wie ein Fisch an der Angel ... Du schwitzt Bäche und wirst kreidebleich, du willst weiterkiffen, mehr, immer mehr, endlos kiffen. Und die Panik hat sich in deinen Eingeweiden festgekrallt.

Nelson beschloss, den Horrortrip zu wiederholen. Er wollte die Augen des Mannes sehen, der hinter ihm her war, wollte die Farbe seiner Augen und seine eigene Angst darin sehen. Ich will ihm den Lauf ins Auge drücken und ihm das Magazin reinballern, will mit eigenen Augen sehen, wie die verfluchte Angst aus seinen Glotzkugeln spritzt. Nelson war am Siedepunkt, noch nie hatte ich ihn so gesehen, schweißüberströmt schlug er ständig mit der Rechten gegen die Linke, in sich gekehrt, konzentriert, um den Verfolger zu stellen und am nächsten Baum aufzuknüpfen.

Ich wollte die Angst von ihm nehmen. Erzähl deinem Bruderschatten, wie er aussieht, der dich verfolgt, flüsterte ich. Er schwieg. Er kaute an seinem Schweigen, als wäre das Schweigen die einzige Rettung. Krämpfe schüttelten ihn, wie Quecksilber zitterte er. Dann flossen die Worte. Ich erinnere mich haargenau an die Worte, die ich an jenem Nachmittag aus seinem Mund vernahm. Nelson geht durch eine menschenleere dunkle Straße. Jemand folgt ihm, er hört das Klacken der Absätze. Nelson trägt keine Waffe, nicht einmal eine Sicherheitsnadel hat er in der Tasche. Er geht schneller, der hinter ihm beschleunigt ebenfalls den Schritt. Nelson beginnt zu laufen, der andere beginnt auch zu laufen. Nelson rennt, als würde er um sein Leben rennen, aber der Mann macht doppelt so lange Schritte und kommt unaufhaltsam näher. Dann sieht Nelson eine graue Wand, die sich wie ein Ring um ihn schließt. Alle Tore sind doppelt verriegelt, es gibt kein Entkommen. Der Mann in seinem Rücken keucht. Nelson dreht sich um, stellt sich der Angst. Der Mann schreit nicht, droht nicht, redet nicht, aber sein Blick ist so eisig, dass Nelson erstarrt. Nelson brüllt, dass es einem das Herz zerreißt. Niemand kommt ihm zu Hilfe. Der Mann lässt ihn brüllen. Nelson versucht, sein Gesicht zu erkennen. Aber der Mann hat kein Gesicht. Sein Gesicht ist ein klaffendes Loch, tief und dunkel und groß genug, eine Hand zu verbergen. Und diese Hand kommt langsam zum Vorschein, sie hat kein Messer, keine Pistole. Aber Nelson sieht die ausgestreckten Finger dieser Hand, sie nähern sich seinem Hals wie die Krallen eines Raubtiers, das sein Opfer wittert. Die Finger werden länger, spreizen sich, stoßen spitz auf Nelson zu. Und fast sanft drücken ihm die Pranken den Hals zusammen. Nelson versucht sich zu befreien, klammert seine Finger um die Hände des Mannes, die ihm den Atem abschnüren, zerrt. Vergebens. Nelson spürt, wie sein Körper erschlafft, wie er langsam gegen die Wand taumelt, auf den Boden sackt. Der Mann dreht sich um und geht langsam fort. Die Absätze klacken über das Pflaster.

Nelson hockte auf dem Bett und schmetterte eine Hand gegen die andere. Die abgewandten, von Angst gezeichneten Augen verweigerten mir den Bruderblick. Dann zerriss sein Aufschrei die Stille. Ich schwör dir, schrie er, als würde er sich den Kopf blutig schlagen, wenn ich die Farbe von seinen Augen gesehn hätte ... ich hätte meine Angst für immer kaltgemacht. Ich schwörs, schwörs bei Don Luis. Er legte den

Finger auf den Mund und küsste ihn dreimal zum Zeichen des Schwurs, mit der ganzen Wut seiner Seele.

Nelson ließ sich nicht kleinkriegen. Zwar hatte ihn die Verfolgungsjagd wie ein Wrack zurückgelassen, doch in seinem Inneren brodelte ein Vulkan. Fieberhaft ging er daran, Basuco-Joints zu bauen, ein Dutzend, zwei Dutzend, und legte sie zu einer Linie auf, einer Straße arbeitender Ameisen, einem weißen Schnellzug, der abfahrbereit im Bahnhof steht. Mit doppelter Schlüsseldrehung sperrte ich die Zimmertür ab. Dann machten wir gemeinsam Jagd auf die Angst. Im Nu hatte er den ersten Joint fertiggekifft, so hastig, dass sein Gesicht schlagartig weiß wurde. Auf seiner Stirn perlte Schweiß. Dann griff er sich den nächsten und besuckelte ihn wie ein Hund mit ausgetrocknetem Rachen. Die Augen waren zwei trübgraue Glaskugeln. Er wirkte ruhig, schien keine fremden Schritte zu hören. Aber er erkannte mich nicht. Die Reise zog sich durch einen langen Tunnel. Von Zeit zu Zeit huschte ein sanftes Lächeln über seine Lippen. Die Hand lag instinktiv am Hosenbund, während die Wahnbilder über die Netzhaut flimmerten. Ich wollte ihn begleiten auf seinem Ausritt gegen die Angst. Nicht eine Minute seines Daseins wollte ich von seiner Seite weichen. Nelson hielt beim fünften Joint, die weiße Linie schrumpfte. Ich steckte die Lullen an, gab sie ihm rüber, er nahm sie und zog sie sich rein, die Augen verschwommen vom Wahn, zog sie sich rein mit der Gier einer ausgehungerten Ratte, die an einem vergifteten Käse nagt. Sein Magen, von der Atemnot gedrückt, presste sich zusammen und blähte sich wieder auf, als würde er vor dem Tier fliehen, das ihn verfolgte.

Dann merkte ich, dass er bereits aus dem Tunnel der Angst gekrochen war. Er lag da wie tot, die Schenkel an die Brust gezogen, die Arme um den Körper gekrampft. Schließlich streckte er die Beine aus, löste die Arme, rappelte sich hoch und klammerte die Finger um die Zange, die ihm den Hals zerquetschte. Ein Schrei brach aus seiner Kehle, als es ihm mit letzter Kraft gelang, sich aus dem Zangengriff der teuflischen Hände zu befreien und die Mordsbestie in die Flucht zu schlagen. Er verkrallte sich in einen tiefen Schlaf. Ich ließ ihn angekleidet pennen, streifte ihm nur Schuhe und Socken ab. In der Nacht stand ich mehrmals auf und trat leise an sein Bett. Ich horchte, ob sein Herzschlag zu hören war.

Wir entwickelten uns zu unersättlichen Basuco-Kiffern. Kifften meist gemeinsam, immer auf dem Zimmer. Der eine fing an, und der andere gab acht, dass der Bruder auf der Reise nicht übers Ziel hinausschoss. Wir kifften, um Frau Angst und Tochter Panik aufzustöbern und ihnen die Fresse zu polieren. Kiffen, huren, saufen, dazwischen mal ein Ding drehen und immer geile Klamotten - das war unser Leben. Dem Boss wurde gesteckt, dass wir es mit dem Basuco hatten, aber ihm war es egal, man muss sie lassen, womit sollen sie denn sonst die Zeit totschlagen? Klar, er redete uns ins Gewissen. Dass wir unserer Gesundheit schadeten, dass wir hart verdientes Geld verpulverten und so weiter. Wir mimten Einsicht und machten unbeirrt weiter. In der Pension kiffte jeder, den Stoff kriegte man direkt vor Ort.

Einmal versammelte Don Luis die komplette Mannschaft. Wenn er uns alle fünf einberief, stand was Großes auf dem Programm. Er lief besorgt auf und ab, seine Stirn verfinsterte sich mit jedem Augenblick. Der Mann hat zwei Leibwächter, schoss er los. Normalerweise steuert er den Wagen selber, die beiden Typen sitzen entweder im Fond und decken die Seitenfenster, oder einer sitzt vorn und der andere hinten. Also, Jungs, kein Patzer, sonst komm ich in die Klemme ...

Dieses Mal kriegten wir eine Uzi und kugelsichere Westen. Ich bekam eine Neun-Millimeter und für jede Waffe gabs vier Magazine. Ein großes Ding, nicht ungefährlich. Der Mann würde durch die und die Straße kommen, er hieße Gilberto weiß der Teufel wie, Gilberto Aguirre oder so. Er fahre einen grauen Montero und würde vor der Ampelkreuzung stehen bleiben. Dort müsst ihr ihn kaltmachen. In der Tat: Der Wagen des Todeskandidaten hielt um 13.38 vor der Ampel. Uns blieben genau zehn Sekunden. In zwei Wagen waren wir ihm zwanzig Häuserblocks lang gefolgt. Nelson, Luisito und Braulio saßen im ersten, ich und der Pastusito im zweiten. Sie hatten uns nicht bemerkt. Der Wagen stand auf der mittleren Spur. Bum Bum Bum, ballerte Nelson aus offenem Fenster, derweil Braulio die Uzi knattern ließ und der Pastusito und ich sie von der anderen Seite unter Feuer nahmen. Freilich, diesmal ging es nicht ohne Spesen ab. Luisito, nach Nelson der Zweitälteste, wurde von drei Kugeln erwischt. Ausgerechnet Luisito, der rotbäckige, spindeldürre mit den glatten Haaren, der Draufgänger, der nie auskniff. Ein «Lebt wohl» brachte er nicht mehr über die Lippen. Der Leibwächter, der ihm die drei Kugeln in den Pelz geknallt hatte, wurde sofort von einer Salve Braulios ins Jenseits befördert. Dann machten wir uns aus dem Staub. Nach zwanzig Häuserblocks stiegen Nelson und ich aus dem Wagen und rasten mit einem Motorrad auf kürzestem Weg zur Pension. Dort verstauten wir die Waffen und warfen uns in andere Klamotten. Nach einer Viertelstunde machten wir das Radio an. Anwalt X samt Leibwächter bei Attentat ermordet, einer der Killer angeschossen.

Dann, auf dem Zimmer, Nelsons Lach- und Weinanfall. Er

war nicht wiederzuerkennen. Krieg dich wieder ein, Junge, sagte ich, aber er japste immerzu, ich habs geschafft! Ich habs geschafft! Ramon Schrott. Ich hab die Angst gekillt! Hab die Augen des Gesichtslosen gesehen und ihm direkt ins Herz geknallt. Das war der Tag, an dem Nelson die Furcht vor dem Blut der anderen verloren hatte.

Der Alte brachte den verblutenden Luisito in eine Privatklinik. Aber jede Hilfe kam zu spät. Tags darauf waren wir zu Don Luis bestellt. Er wirkte völlig aufgelöst. In seinen Augen lag echter Schmerz. Es reißt mir jedes Mal das Herz aus dem Leib, wenn sie eins meiner Kinder umlegen, stammelte er mit gebrochener Stimme. Luisito wurde am nächsten Tag begraben, ein spektakuläres Begräbnis, bezahlt von Don Luis. Seine Familie in Pereira dürfte von seinem Tod nie etwas erfahren haben. Und wenn es morgen uns erwischt? Euch wird es nicht erwischen, antwortete Don Luis, ihr seid ja fixe Jungs. Na klar sind wir fixe Jungs, riefen Nelson und ich mit einer Stimme. Wir werden nicht so elendig krepieren! So belämmert sind wir nicht, dass wir dem Tod eine Einladung schicken! Dass Luisito drankam, hatte damit zu tun, dass er an der Reihe war. Seine Stunde hatte geschlagen. Hätten wir es geahnt, hätten wir was unternommen, um ihm sein hurenverficktes Leben zu retten. Beim Begräbnis herrschte die abgrundtiefe Stille der endgültigen Abschiede. Anwesend waren Nelson, Braulio, der Pastusito und ich sowie ein paar Kerle, die wir nicht kannten, wahrscheinlich Leute von Don Luis.

Vierzig Jungs hatte der Alte an der Kandare. Eine perfekt aufgezogene Agentur mit einem richtigen Netzwerk von Pistolenmännern, verstreut über die ganze Stadt, immer und überall einsatzbereit, bewaffnete Raubüberfälle, Schuldeintreibungen, ein Racheakt hier, eine Abrechnung dort, Todesengel für jedermann ohne Ansehen der Person. Am Anfang waren sie uns weit voraus, aber wir lernten schnell dazu, lernten, wie man dem hinterfotzigen Tod eine Nase dreht. Unter der Jugend fände er, was er brauche, meinte Don Luis. Er redete frisch von der Leber weg. Seht, wenn ich einen Jungen euren Alters unter meine Fittiche nehme, dann kann ich seinen Charakter formen, kann ihn nach meinen Grundsätzen heranziehen, sagte er einmal. Ein Erwachsener dagegen ist im Geist schon vermurkst, den kann ich nicht lenken, der lässt das nicht zu. War klug der Alte, hatte echt was auf dem Kasten. Ich hab ihn nie nach seinem Beruf gefragt, aber dass er ein gescheites Haus war und Format hatte, das sah ein Blinder. Die älteren redeten ihn wohl deshalb auch mit «Doktor» an, wir von der Mannschaft nannten ihn einfach «Boss». Er bilde gern Jugendliche aus, wiederholte er ein ums andere Mal, aus Jungfrauen werden bei mir taffe Jungs... Auf junge Menschen ist Verlass. Unter den Erwachsenen gibt es zu viele Kröten, ich habe schon des Öfteren eine zertreten müssen. Die Erwachsenen hätten ihn immer wieder aufsitzen lassen, sie hätten sein Vertrauen schändlich missbraucht. Und die meisten wären sowieso nur Nieten.

Sein Geschäft funktionierte nach dem Prinzip eines Dienstleistungsunternehmens. Alles konnte man bei ihm bestellen. Die Leute kamen an und sagten, Sie kriegen von mir soundso viel, wenn Sie mir den und den aus dem Weg räumen. Der Laden florierte, der Alte verdiente sich dumm und dämlich. War ein Schwergewicht um die Ecke zu bringen, Minister, Parteiführer oder so, dann schickte er ausgepichte Kerle los. Der beste, brutalste, berüchtigtste von allen war Nuzbel, ein Killer wie seinerzeit La Quica. Acht Tage nach dem Ding mit dem Anwalt lernten wir ihn auf einer Fete im Haus von

Don Luis kennen. Wir waren uns sofort sympathisch, und er nahm uns mit in sein Apartment, sagte, wir könnten bei ihm wohnen, fühlt euch wie zu Hause. Schon nach kurzer Zeit waren wir so etwas wie seine kleinen Brüder, er passte auf, dass wir nicht in jede Scheiße traten. In Nelson und mir stiegen Erinnerungen hoch, ein lange vermisstes Gefühl von Familie stellte sich ein. Nuzbel hatte alles, eine superscharfe 1500er, ein Luxusapartment, wo er immer frische Tussis und jede Menge Koks auffahren ließ. Er kokste jeden Abend. Um seinem Affen den täglichen Zucker geben zu können, musste er von Zeit zu Zeit einen größeren Coup landen, ein richtiges Attentat, irgendeinem Bonzen das Gas abdrehen, sowas in der Art.

Aber irgendetwas bedrückte ihn. Er war rastlos, fahrig, schien sich nicht wohl zu fühlen in seiner Haut. Mit der Kohle schmiss er nur so rum, ohne Rücksicht auf Verluste. Weiber jeder Hautfarbe und Bauart defilierten durch die Wohnung, Mulattinnen, Dunkelhäutige, Weiße, vollbusige und flachbrüstige, Tussis mit großen und Tussis mit kleinen Ärschen, mit Lippen schmal wie eine Daumenkuppe oder so breit, dass man die ganze Rübe reinschieben konnte. Die Spuren des Lasters zogen sich durchs ganze Haus, in der Küche, in den Badezimmern, in den Wandschränken, von überall schimmerte einem das weiße Pulver entgegen. Seine Nase sah aus wie eine angematschte Tomate.

Das Gesicht spiegelte seine Unruhe. Immer todernst und verdüstert, mit diesem stumpfen, freudlosen Blick. Er riss nie Witze, hatte für die Scherze der anderen kein müdes Lächeln übrig. Schleppender Gang, dabei war er erst fünfundzwanzig und obendrein bärenstark. Ich ertappte ihn oft, wie er minutenlang in den mannshohen Wohnzimmerspiegel starrte. Nicht etwa, um sein Outfit zu mustern, um zu prüfen, ob der

Anzug saß und die Tolle passte. Nein, die Melancholie, die sich in seinen Eingeweiden eingenistet hatte, die Melancholie war es, in die er hineinstarrte. Bruder Nuzbel, fragte ich mal beim Frühstück so ganz nebenbei, was ist los mit dir? Siehst aus, als wolltest du nicht mehr. Fühlste dich kaputt? Er rang sich ein mattes Lächeln ab und legte liebevoll die Hand auf meine Schulter. Mensch, du stellst Fragen, Schrottchen. Und um diese Tageszeit! Weißte, einer wie ich, der hat schon viel auf der Hucke... und eine Wunde, die will nicht vernarben, die schwärt und schwärt...

Nelson hatte sich ein Motorrad angeschafft, ich schwang mich auf den Beifahrersitz und ab ging die Post. Wir genossen die Geschwindigkeit, zogen eine Spur von Funken und Rauch durch die Straßen Medellíns und platzten vor lauter Glück. Wir waren total durchgeknallt, machten auf reich, kauften, sammelten, horteten Schuhe, Jeans, Uhren, Goldketten. Von Nuzbel können wir uns viel abgucken, meinte Nelson, der weiß, wos langgeht. Eine Woche nach Luisitos Begräbnis sagte ich zu Nuzbel, hör mal, Bruder, wir wollen auch solchen Schmuck wie du ... Okay! Er führte uns in einen Juwelierladen. Na dann, sucht euch mal was Schönes aus, Kinder. 600 000 blätterte ich allein an dem Tag auf den Tresen. Dann legte ich mir noch eine extrageile Knarre zu, die mich 400 000 kostete. Einen galaktischen Rugel, schwarzer Glanz, verstärkter Lauf. Unsere Kanonen gehörten ja dem Boss. Mit der übrigen Knete machten wir einen drauf. Besorgten uns ein paar Drecksnutten, die wir schon kannten. Nachdem wir unsere Schwänzchen gekühlt hatten, gingen wir zum Basuco über, kifften uns voll, bis sich die Bude drehte. Nuzbel schnupfte sein weißes Pulverchen und hob gewaltig ab. So vergaßen wir die hurenverfickte Welt, lebten, von keinem Schwein kontrolliert, in der Welt, die uns gefiel, und es war das Leben, das wir leben wollten.

Fünf

Ich solle ihn doch mal besuchen, hatte Ramón Schrott gesagt, besuchen in dem Haus, das er mit seiner Frau und seiner Tochter bewohne. Als ich am vereinbarten Treffpunkt im Viertel von San Francisco aus dem Bus stieg, begrüßte er mich überschwänglich wie immer. Das Viertel von San Francisco erstreckt sich längs des Fußes der Kordillere, die von den Tausenden und Abertausenden Häusern und Hütten der Ciudad Bolívar überwuchert ist. Ein Fremder geht hier schnell verloren.

Ich heftete mich an seine Fersen, um in den Rhythmus seiner Schritte zu finden. Wir gingen an mehreren dieser gewaltigen Wucherungen entlang, bogen nach links und stiegen eine Gasse hoch. Sie war von stabilen, fertig gebauten Häusern gesäumt. Am Ende der Gasse stießen wir in eine Kehre der Hauptstraße, die nach Compartir hinunterführt. Wir gingen die Kurve aus, er flott, ich langsam, und kamen zu einer Treppe. Mit festem, geübten Schritt begann er die nahezu dreihundert Betonstufen hochzusteigen, um oben wieder die Hauptstraße zu erreichen. Ich musste schließlich alle fünf Stufen innehalten, holte Luft und sah zum Ende der Treppe hinauf, wo Ramón spöttische Gebärden über meine körperliche Verfassung machte. Er ermunterte mich weiterzugehen, da er schon eine geschlagene Viertelstunde wartete. Wir folgten der Kurve der bergan führenden Straße, betraten das Viertel Johannes Paul II, kreuzten den kleinen Sportplatz. «Wir sind bereits auf Heimatboden», flüsterte Ramón. «Es ist nur noch ein Katzensprung».

Die Behausung war mitten in den Felsen gekeilt. An der Front klebte ein ausgebleichtes, verwaschenes, durch die Witterung unansehnlich gewordenes Gelb. Die Eingangstür sah aus, als habe man sie an der Fußseite abgeschnitten; ein schleimiger Wasserfaden drang durch den Spalt ins Freie, sickerte in die Felsrisse und staute sich weiter unten zu einem kleinen, grünlich schimmernden Tümpel. Die Tür öffnete sich auf einen finsteren Gang. Ramón kannte ihn wie seine Westentasche, er stolperte über keinen der Müllsäcke, der Puppenköpfe und Puppenarme, die auf dem Boden verstreut herumlagen.

Ich schloss die Tür. Im Dämmer des Raums schlug mir ein süßsaurer Gestank von Kot entgegen, der sich mit dem Geruch von tagelang aufbewahrten Essensresten zu einem die Kleider durchdringenden Brodem vermischte. Am Ende des Ganges sah ich im Gegenlicht Schrotts Rücken, grau und weiß, fast vierkantig.

Er führte mich durch die Räume. Rote, knapp anderthalb Meter hohe Ziegelwände mit grauen Mörtelfugen; darüber ein blechernes Vielerlei, zusammengehalten von altersschwachem Gestänge. Rissige, brüchige Wände mit verschossener Farbe. Eine verbeulte Blechrinne zog sich durch das ganze Haus. Sie nahm das Sickerwasser der angrenzenden Behausungen auf und ließ es gegen die Wand des Waschraums gluckern, die von einer dünnen Moosschicht überzogen war. Als würde jemand diese Wände Tag für Tag mit Brauchwasser tünchen, so hatte sich die Feuchtigkeit darin eingesogen. Es war Nachmittag; die Sonne knallte in den Hof, schleuderte ihr Licht auf Berge von Schmutzwäsche. Küche und Bad, an der Rückseite des Hofes gelegen, waren mit Unrat bedeckt, der den Abfluss verstopfte. Und in allen Winkeln lagerte, wie in Spinnweben voller Ungeziefer gefangen, der Geruch von ranzigem Schmalz, von Schmutz und von Scheiße.

Als wir den Hof wieder verließen, fiel mein Blick in drei Zimmer. Sie waren mit Vorhängen abgetrennt, fadenscheinigen Bettdecken, die ein Minimum an Intimität gewähren sollten, und dazwischen heillose, schneidende, schwärende Unordnung. Hier wohnten die drei Schwestern mit ihren Männern und ihren Kindern.

In diesen Albtraum stieß, aus dem Dunkel hervorspringend, ein graues Kätzchen, das sich auf seiner Flucht zwischen meinen Beinen verfing. Schrott stürzte ihm nach und bekam es an der Tür zu seinem Zimmer zu fassen. Er nahm es in die Arme und bat mich einzutreten. Auf einem zerschlissenen Sofa im Hintergrund saß eine Frau und stillte ein Baby. Sie war jung und schön, hatte blondes Haar und blaue Augen, und in ihrem Gesicht schimmerte eine leichte Blässe. Schrott trat auf sie zu. «Blondchen, das ist der Herr, von dem ich dir erzählt habe. Er hört sich meine Medellín-Geschichte an», rief er, als würde er für ein Klassenfoto posieren. Die Frau lächelte mit skeptischem Einverständnis.

«Das Kätzchen», sagte Schrott, «ist das letzte aus seinem Wurf. Wir haben es in Erinnerung an meinen Bruder Nelson ‹Tarantel› getauft. Das kleine Ding ist so schlau und so gewitzt wie er. Es verschwindet, wann es will, taucht auf, wenn es was zu fressen gibt, läuft weg, sobald es Gefahr wittert.» Dann legte er die Arme um Frau und Tochter und erzählte die Geschichte des Katzenwurfs. «Wenn die Katzen des Viertels vor dem Werfen sind, kommen sie - aus Instinkt alten Spuren folgend - auf den Dachboden des Hauses und bringen dort ihre Jungen zur Welt. Graue, schwarze, braune und weiße - das Grau in allen Schattierungen. Es geschieht immer in den Sommermonaten, wenn die Hitze die Tiere zum Gebären ruft.» Isabel, seine Frau, besorgte sich dieses Mal ein Paar Lederhandschuhe und einen großen Karton. Gemeinsam machten sie alle Schlupflöcher des Dachbodens dicht. Dann scheuchte er, Schrott, die Jungen unter lautem Geschrei auf und trieb sie mit einem Stock vor sich her. Die Tiere versuchten zu entkommen, landeten aber alle im dunklen Karton. Nach diesen Jagden, die in mehreren aufeinanderfolgenden Nächten stattfanden, trugen sie den Behälter die Straße hinunter. An einer bestimmten Stelle riss Schrott den Karton auf, und Isabel langte mit handschuhbewehrten Händen hinein. Das Gewimmel aus Fell und Fleisch erstarrte in seiner Angst vor unbekannten Lebensräumen. Dann aber stoben sie nach allen Seiten davon, verschwanden in jedem Mauerloch, in den Erdlöchern, im Abwasserkanal. Von dem zwanzigköpfigen Wurf verschiedener Katzenmütter blieb als Zeuge nur das eine Kätzchen zurück, das mit dem Katzenblick seines Bruders Nelson.

Fünfzig Pesos kostete ein Joint, in einer Nacht rauchte man locker zweihundert. Rauchte gut und gerne zweihundert schön der Reihe nach aufbereitete Lullen und konnte nicht genug davon kriegen, wollte mindestens nochmal so viele durchziehen. Beschaffen tat man sich die Dinger in diesen abgefuckten Pinten, wo wir nicht hingehen sollten, sagte Nuzbel, wäre zu gefährlich und so. Wir aber waren geil auf Abenteuer, die Basuco-Schuppen zogen uns tierisch an, und es gelang uns immer wieder, die Wachsamkeit von Nuzbel auszutricksen. Wenn wir vor so einer Bude angefahren kamen, rückte uns gleich ein ganzer Haufen dieser kaputten Brüder auf die Pelle. Hey, Bruder, hab keine müde Kröte mehr, könnste mir nich... Aber ja, da haste. Nach einer Woche waren wir blank - aber klar, nie blank bis auf die Knochen, weil wir immer ein paar Lappen in Reserve hatten, schließlich konnte einen der Boss jederzeit zu sich rufen, und da hieß es, einsatzbereit zu sein.

Wie die Spürhunde stöberten wir die übelsten Schuppen von Medallo - Zentrum auf. Der Geruch, der endlose Aufmarsch der Süchtigen, die vergammelten, in Dreck erstarrten Gestalten waren untrügliche Erkennungszeichen. Wir machten den verruchtesten, den verderbtesten von allen ausfindig, wo man, um reinzukommen, nicht nur das Losungswort brauchte, sondern auch höllisch auf Draht sein musste, damit sie einem nicht die Eier zwischen den Beinen rausklauten. Die Polente hielt die rechte Hand über den Laden, mit der linken kassierte sie das Eintrittsgeld. Immer waren zwei Bullen davor aufgepflanzt, giftiger Blick, galliges Lächeln. Dann setzte man drei müde Klopfer an die Tür, ein augenbutteriger Neger öffnete und ließ die Leute rein, einzeln, als wollte er jedem persönlich den Arsch befingern. Man schob durch einen stockdunklen Gang, wo man vergeblich einen hurenverfickten Lichtfaden suchte. Das Licht erschien in Form zweier riesiger Titten, gestützt von gewaltigen Betonstampfern und Schaufelradpratzen mit wulstigen, aufgespreizten Klauen. Über Titten, Stampfern und Pratzen die immer grinsende Visage von Doña Prudencia, der Ladenmutter. Neben ihr zwei Kartons: einer mit den Joints und einer mit dem Zaster. Wie viele? fragte Doña Prudencia und nannte den Preis, tausend, zweitausend, fünftausend, das Bett mit Laken oder Matratze pur? Ihre Augen leuchteten wie Uhuaugen in schwärzester Finsternis, sie spähten, wenn sie die Joints rauspickte, und sie spähten, wenn der Kunde die Kohle reinwarf. Trotz ihres schwabbeligen Leibes und ihrer verrotteten Hinterhofkatzenstimme ließ sie sich von keinem der Typen übers Ohr hauen. Eine beinharte Geschäftsfrau, werd doch nicht bekloppt sein und diesen

Arschkrücken was auf Pump geben. Nelson und ich zahlten den Aufpreis für zwei Betten mit Laken, die nie gewechselt, nie gewaschen wurden. Richtige Drecklaken, vollgeschwitzt mit den Ausdünstungen, die all diese Kiffer von ihren Trips mit zurückbrachten. Der Jointkarton leerte sich, der Geldkarton schwoll an, obwohl die Kerle keine lausige Piepe in der Tasche hatten und sich die Stimmbänder wundfeilschten.

Der Schuppen war eine verfallende Gewerbehalle. Ein Heer grünschillernder Aasfliegen belagerte die Wände, die Gerüche eines öffentlichen Scheißhauses vermischten sich mit den Jointschwaden. Überall standen Betten, elende Pritschen mit aufgeschlitzten Strohmatratzen, auf denen Typen mit hervorquellenden Augen lungerten, die Köpfe zwischen die Knie gepreßt, die Hände um den Leib geklammert. Typen und Typinnen, die ihre Angst rausschwitzten, sich unter den Pritschen verkrochen, einsam und allein in ihrem Koksrausch, in ihrem aussichtslosen Ringen mit dem würgenden Ungeheuer. Wir suchten uns zwei Betten aus, dann gaben wir uns die Hände, als würden wir Abschied nehmen. Ramonchen Schrott, Erzschwuchtel von meinem Bruder, sagte er, setz ihr nach, der hurenverfickten Angst, jag der dreckigen Missgeburt eine Kugel in den Arsch. Nelson, mein Bruder, mein Bruderschatten, sagte ich, sieh ihn dir an, guck ihm in die Augen, dem gesichtslosen Hundesohn, und dann knall ihm eine rein mit deiner Neun-Millimeter, mitten zwischen die Augenbrauen knallst du ihm eine rein, damit sein Todesblick wie Hirnbrei aus dem Schädel spritzt. Dann nahm jeder seinen Joint und fing an zu kiffen und auf die verfluchten Schritte zu horchen, die durch die Schädelhöhle donnerten.

Nach zwei Wochen rief uns der Boss zu sich. Es gab Arbeit. Zwei Koffer sollten übergeben werden. Zwei sehr wertvolle

Koffer, sagte der Boss und verstummte für eine Weile. Drogen, mutmaßte Nelson später. Es handle sich um schwarze Hochkantkoffer. Zwei Burschen in Polizeiuniform würden in einem Nissan durch eine verlassene Straße kommen. Die Sache müsse vor der Übergabe erledigt werden. Ihr seid zu viert und fahrt mit zwei Wagen. Seit Luisito in seinem Traum vom Silberstrom versunken war, arbeiteten wir immer zu viert. Wir bekamen die üblichen Waffen, Pistole und Uzi. Meinem Bruder Nelson gaben sie eine Handgranate. Wie man mit den Dingern umgeht, hatten wir in der Schule gelernt. Möge Gott, dass es ohne Blutvergießen abgeht, sagte Don Luis mit einem Anflug von Pathos in der Stimme.

Und es ging los. Genau drei Minuten hatten wir, um den Wagen zu stoppen. Wir fuhren mit einem Nissan und einem Toyota Modell 85. Unser Nissan sollte den anderen Nissan überholen und sich querstellen, der Toyota ihm den Rückweg abschneiden. Sie in die Klemme nehmen, mit den Knarren im Anschlag raus, und sie notfalls plattmachen. Langsam, fast bedächtig rollte der Wagen dahin. Nelson saß vorne im Nissan, ich saß im Toyota, diesmal hatten sie uns getrennt. Dann preschte der Wagen von Nelson an ihnen vorbei und quietschte sich in die Quere, mein Bruder und Braulio waren mit einem Satz auf der Straße und nahmen die Burschen aufs Korn. Die hatten nicht mal eine Spielzeugpistole dabei, sie waren richtig gelähmt, als sie sich von unserer Schwadron eingekeilt sahen. Nelson hielt die Handgranate wurfbereit in der einen, die Uzi in der anderen Hand. Er sagte kein Wort, kein Schimpfwort, sparte sich das «Keine Bewegung, ihr Drecksärsche». Die Waffen sprachen für sich. Nur der schwuchtelige Braulio konnte es nicht lassen, mit seinem Killerfinger zu fummeln, er wollte sich ausballern, wollte die Kerle richtig durchsieben. Ich und der Pastusito stießen die Typen zu Boden. Wir fesselten sie, öffneten die Hecktür ihres Nissan und sperrten sie in den Kofferraum. Dann machten wir uns mit der Beute aus dem Staub. Wir hatten Schwein gehabt. Kein Schuss war gefallen. Alles war blitzschnell gegangen.

Zwanzig Minuten später, um 18.23 Uhr, trafen wir die Geschäftspartner des Alten. Übergaben die Koffer, luden ab und fuhren nach Hause. Tags darauf war Don Luis außer sich vor Freude. Er wäre der glücklichste Mensch auf Erden, frohlockte er, während er in einem mächtig schicken Satinmorgenrock auf und ab stolzierte, Zigarette in der Linken, Drink in der Rechten. Seine Augen strahlten. Wisst ihr, wieviel ich gestern verdient habe? Dreihundert große Pakete! Für jeden von uns fielen zwei Milliönchen Pesos ab - mehr als bei den vorangegangenen Jobs. Nelson und ich feierten es mit einem ordentlichen Gelage, mit Whisky, Nutten und allem, was dazugehört. Dann zog es uns zu Nuzbel. Aber Nuzbel sah recht mitgenommen aus, richtig kaputt kam er mir vor. Er hätte keinen Bock auf Musik. Irgendwie wollte er unsere Freude über den Coup nicht teilen. Wir ließen ihn in Ruhe, ließen ihn vor sich hinbrüten in seinem Koksrausch, in der Einsamkeit seiner Gedanken. Nelson und ich hauten uns aufs Ohr. In den frühen Morgenstunden hörte ich einen Mordskrawall in der Wohnung. Mein Puls flog auf hundertachtzig, ich riss Nelson aus dem Schlaf, und als wir rausstürzten, sahen wir, wie Nuzbel sich den Kopf an der Wand blutig schlug. Wie wir ihn gebändigt hatten, meinte er nur, wir sollten Watte und Merfen holen und ihm die Wunden säubern. Was denn in ihn gefahren sei, wollten wir wissen. Er schwieg. Er wollte auch jetzt keine Gesellschaft. Blieb lieber allein mit seinen Gedanken und spann sich noch tiefer ein in den Kokon der Angst. Wenigstens versprach er, sich nichts mehr anzutun.

Dann kam der Tag meiner Feuertaufe. Ein Schmuggler hatte - wegen nicht eingehaltener geschäftlicher Abmachungen - den Sohn eines anderen Schmugglers killen lassen, worauf der meinen Boss beauftragte, des anderen Frau niederzumachen. Die Señora fährt einen schweren Mercedes. Sie wird nur von ihrem Chauffeur begleitet. Diesmal seid ihr an der Reihe, sagte Don Luis in aufmunterndem Ton zu mir und dem Pastusito. Ich schnallte sofort, dass das meine große Chance war. Die Chance, meine Scheu vor dem Blut der anderen für immer abzulegen. Ich wollte es wissen. Wollte wissen, ob ich kaltblütig und treffsicher genug war, ein Pappmännchen aus seinem hurenverfickten Leben in den Tod zu befördern. Nelson hatte sich schon längst den Ruf eines abgebrühten Profis erworben. Ich wollte ihm nicht nachstehen.

Ich schieß zuerst, du gibst mir Feuerschutz, sagte ich zum Pastusito. Er nickte. Braulio steuerte die Maschine, ich hockte auf dem Beifahrersitz. Das zweite Motorrad lenkte Nelson, hinter ihm der Pastusito. Braulio surrte an den Wagen heran. Die Lady saß ahnungslos im Fond, ahnungslos wie der Chauffeur. Sie hatte das Fenster runtergelassen, um ein bisschen Fahrtwind zu schnuppern. Zufällig kreuzten sich unsere Blicke. Sie sah mit Verachtung durch mich hindurch. Ich grinste nur, da legte sie eine gestrichene Ladung Hass in ihre Augen und wollte schon das Fenster raufkurbeln. Aber die Frist für Verachtung und Hass war abgelaufen. Ich drückte ihr den Lauf der Pistole buchstäblich zwischen die Augen und pumpte ihr das ganze Magazin in einem Stück rein. Nicht aus Rache für ihren Blick, auch nicht um ihr das hübsche Schnäuzchen zu ramponieren. Nein. Aus reiner Selbstbestätigung. Wollte mir bestätigen, dass ich für den Job taugte.

Das Gesicht der Frau war so gut wie ausgelöscht. Ich hatte ihr Blut am rechten Zeigefinger, den ich weiter am Abzug hielt. Der Pastusito besorgte es dem Chauffeur, der Wagen krachte gegen einen Lichtmasten. In dem Moment, sagte ich später zu Nuzbel, in dem Moment, wo ich das Autowrack sah, gab es mir einen Stich. Ich wollte Braulio anhalten lassen, bleib stehn, hab ich zu ihm gesagt. Es trieb mich dazu abzusteigen und auf den Wagen zu klettern und rauszuschreien, das war ich!, das war ich!, es reinzuschreien in die Menschenmenge, gerade so, als wäre ich einer von diesen Scheißpolitikern, die man täglich in der Glotze sieht. Ich wollte die Wagentür aufreißen und die Tote umarmen, Püppchen, wollte ich schreien, es war nicht meine Idee, dich umzulegen, du bist das Opfer einer Rache. Aber es war Braulio, der schrie, halt dich fest, du Schwuchtel, wir verpissen uns, kreischte er, nachdem er sein Killermütchen gekühlt hatte. Und raste los wie einer, dem vor sich selber gruselt.

Jetzt hör mir mal gut zu, Ramón Schrott, sagte Nuzbel. Der erste Tote, den du dir auf die Hucke lädst, den wirst du nie mehr vergessen. Der steht zuoberst auf der Liste. Dann wird die Liste immer länger, und du vergisst die Namen. Aber unter all den Toten ist einer, den wirst du nie mehr abschütteln. Der verfolgt dich, der wills dir heimzahlen, der will dir das Leben ausblasen. Mit jedem Toten, den man bongt, ebnet man sich den Weg in den eigenen Tod. Der Tote kerbt sich in den Leib des Tötenden. Und das Sterben fängt an, sobald du den ersten Todesschuss abgefeuert hast.

Unter dem Licht der Nacht kippte Nuzbels miese Stimmung in ihr Gegenteil. Jetzt schien er alles mit einer anderen Brille zu sehen. Los, ihr Schwuchtelmätze, ich zeig euch nen supergeilen Platz. Schmeißt euch in Schale. Wir schmissen uns. Funkelnagelneue Klamotten, mordsgeiler Schmuck an Hals und Handgelenken. Als wir in das Lokal schoben, verhedderten sich unsere Blicke im finstersten Dunkel. Die Musik hämmerte volles Rohr, pulsierte durch alle Glieder, versetzte die Beine in flirrend zuckende Tanzbewegungen. Die Taschenlampe des Platzanweisers leuchtete uns den Weg zu irgendeinem Tisch. Der Raum war ein einziges schwarzes Loch. Unter dem Geblitze, das regelmäßig das Dunkel der Tanzfläche zerriss, waren, vom Lichtschwert zerhackt, Silhouetten von Tanzenden zu sehen. Nelson und ich bestellten Medellín-Rum mit Zitrone und Cola. Nuzbel, der feine Gaumen, orderte Whisky mit Eis. Wir kamen uns vor wie die Götter, wie die heilige Dreifaltigkeit, von der Menschheit angebetet und beweihräuchert. Aus den Boxen dröhnte härtester Fruko y sus tesos, die Geschichte vom Häftling, der sich nach der Geliebten sehnt, von seiner Einsamkeit, seinen verzweifelten Blicken, die an den Wänden zerbrechen. Die Geschichte von der Mutter, die im Himmel ist, und von einem Mann, der die Erlösung im Lächeln seines Todes sucht. Die Tanzfläche bebte unter der wuchtenden, die Beine aushebelnden Musik, die den schweißverklebten Leibern akrobatische Drehungen und Verrenkungen abnötigte.

Und dann betrat sie die Szene. Piste frei, ihr Kerlchen, hier komme ich, schien sie mit jeder Faser ihres Fleisches zu fordern. Mir gefror der Atem. Ich erstarrte, versteinerte, als das Feuer ihres Körpers am anderen Ende der Nacht aufflackerte, war benommen wie der Kolibri, wenn er den Schnabel in den Blütenkelch taucht. Und da wusste ich, dass hier die Frau meines Lebens tanzte. Mir war, als schaute ich in ein Traumbild, das ich unbewusst mit mir herumtrug, eine alte, immer schon dagewesene Tätowierung der Haut, die ich auf einmal sonnenklar vor mir sah.

Na, die hat dir wohl den Saft in den Schwanz getrieben, die Solotussi, gackerte Nuzbel und prustete vor Lachen. Die

Hornisse hat unser Schrottchen gepiekst, und Schrottchen wird jetzt gleich nach ihrer Pfeife tanzen. Kennst du sie? Klar, kenn ich die, willste sie kennen lernen? Seine Frage traf mich wie ein Keulenschlag. Nicht auf zehn Meter hätte ich mich an diese galaktische Schönheit herangewagt, die jetzt wie ein Wirbelwind über die Tanzfläche fegte, die sprühte wie ein Feuerwerk, an dem man sich nur die Finger verbrennen konnte. Unwillkürlich schwenkte mein Kopf wieder zu ihr hinüber, magnetisch angezogen vom Objekt der Begierde. Und da sah ich im Glitzerlicht des Raums, wie sie mich anblickte. Ich hielt es für eine Täuschung. Ich klappte mehrmals die Lider auf und zu, um mich meiner Wahrnehmung zu vergewissern, und sah, ich schwörs, immer wieder ihren Blick auf mich gerichtet. Er pfeilte sich in meine Augen, spießte sich wie ein Widerhaken in meinen Körper. Auf den Schoß müsste ich sie kriegen, dachte ich, ja auf den Schoß müßte ich dieses zuckende zwanzigjährige Fleisch kriegen.

Hey, Jungchen, ich hab gesagt, ich kenn die Paisa, katapultierte mich Nuzbels Stimme aus den Träumen in die Wirklichkeit zurück, ich stell sie dir vor, wenn du willst. Und eh ich nur A gesagt hatte, war der Saukerl schon aufgesprungen. Ich drehte mich um und sah, wie er sie anquatschte. Sie ließ sich nicht beirren in ihrem Tanzrausch, ihrem Kreiseln und Schlingern und frenetischen Vibrieren, sie hatte sich weggetanzt in die Welt mit den vier Ecken, von der Fruko y sus tesos sangen. Und immer wieder nadelte sich ihr Blick in meine Augen. Nuzbel kam zurück. Die Sache ist geritzt, sagte der Schweinehund, die Paisa erwartet dich. Sie will ein flottes Tänzchen mit dir hinlegen. Ich war wie vom Blitz gerührt. Was hatte ein Tolpatsch wie ich dem irren Hüftschwung dieser Feuerbombe entgegenzusetzen? Bloß ansabbern würde ich mich, sobald ich auf Tuchfühlung käme mit ihr. Aber Nuzbel und Nelson hatten mich schon an den Armen gepackt, zerrten mich hoch, schleiften mich auf die Tanzfläche. Mit einem Mal sah ich mich dem Weib gegenüber, wehrlos wie ein verschissener Taubenschwanz. Total konfus stand ich da. Sie lächelte nur und tanzte wie von Sinnen weiter. Dann winkte sie mich heran, komm her, Jungchen, zeig mal, was du in den Beinen hast, schien ihre Miene zu sagen. Aber meine Quanten rührten sich nicht. Da fing sie an, wie eine Biene um mich herumzuschwirren, als wollte sie sich lustig machen. Und ich wie angewurzelt, steif wie ein Fahnenmast. Hats dem Jungchen die Sprache verschlagen? wisperte sie an meinem Ohr. Nee, muckste ich und versuchte recht und schlecht mitzuhalten, mit Schritten, die mir die Drecksnutten in Medellín Zentrum beigebracht hatten, versuchte sie nachzumachen, die teuflischen Finten meiner Partnerin. Sie lachte und fragte nach meinem Namen. Ramón, sagte ich, den hurenverfickten Schrott weglassend, und du? Die Paisa. Nur «die Paisa»? Die Paisa Angélica. Wo kommst du her, Jungchen? Bogotá. Ach was! Ein Rolo. Willst du mir auch dein Baujahr verraten? Bin fünfzehn. Zwölf hätte ich fast gesagt. Ziemlich groß für sein Alter, der Kumpel! lachte sie wieder, ihre wunderschönen Zähne entblößend, und legte noch einen Gang zu. Ich erwiderte nichts, zog nur eine Schmollmiene, vielleicht half es. Es half. Sie fasste mich an den Händen und ließ mich im Takt ihres Lachens um ihren Körper kreisen. Ich träumte sie heraus aus der schweißdurchnäßten Haut ihres durchsichtigen Kleides, stellte mir ihren schlingernden, wippenden, kräuselnden Körper in seiner ganzen Pracht vor.

Als wir die Bude verließen, hatte ich sie aus den Augen verloren. Nur das Aroma ihres triefenden Körpers, ihres Schweißes, den ich mit der Zungenspitze lecken wollte, dieses Aroma hatte ich für immer mitgenommen. Kaum waren wir draußen, fing Nuzbel wieder an, mich aufzuziehen. Na, hat unser

Schrottchen auch ihre Nummer gekriegt? fragte er. Ist schon gespeichert, antwortete ich. Bevor wir in den Wagen stiegen, drückte mich Nuzbel ans Herz. Die Paisa ist ne tolle Wespe, flüsterte er mir ins Ohr, vernasch sie, kühl dich ab an ihr, aber sei auf der Hut!

Das Wochenende kam, und Nuzbel schlug vor, einen draufzumachen. Wir fuhren in eine Minithek, Disco Club 58 oder so, ein Aufgeilschuppen. Die Show hatte bereits angefangen, das Weib auf dem Podest drehte sich im Kreis und schwenkte den BH wie eine eroberte Fahne. Ihre Titten wabbelten, sie waren so üppig, dass die Warzen fast zusammenstießen, wenn sie einen Schlenker machte. Das Publikum, alles ausgewachsene Kerle, sabberte und klatschte frenetischen Beifall. Ein wampiger Schnauzbart hatte einen der Tische erklommen, mit gespreizten Beinen stand er da und spendete kräftig Applaus, dazu eine geballte Ladung Samen, die er sich vor aller Augen aus den Klöten pumpte. Das Weib, das jetzt nur noch ein winziges Höschen anhatte, grätschte sich über einen Pfahl und legte einen Ritt hin, der drei lange Minuten dauerte. Die Typen, stieläugig am Bühnenrand, hatten aufgehört zu klatschen und taten es jetzt alle dem Fettwanst nach, der immer noch munter vor sich hinwichste. Sie droschen ihre steifen Schwänze in rasender Eintracht gegen das Holz des Podests. Dann Abblende, und weg war der Zauber des schlabbrigen Fleisches. Schade, dass in der Dunkelheit kein Schwein auf die Idee kam, ein Beil zu holen und den Kerlen reihum die Schwänze abzuhacken. Ihr elendes Gejohle hätte man bis in den letzten Winkel der Stadt hören können!

Wir tranken Brandy und stießen auf unsere Freundschaft an. Nuzbel umarmte zuerst Nelson, dann nahm er mich in die Zange und drückte mich so fest an sich, dass meine

Knochen knackten. Wir stürzten den Brandy in einem Zug runter. Nuzbel erhob das Glas zum zweiten Mal und prostete auf das Leben, das so schöne Erinnerungen bereithielt. Wir ließen die Gläser zusammenknallen. Ein Lebender, flüsterte Nuzbel, muß auch dem Tod zuprosten, denn der Tod bindet nicht jedem seine Ankunftszeit auf die Nase. Er wollte in seiner Euphorie immerzu anstoßen. Nelson, den Blick in eine unbestimmte Ferne gerichtet, stieß auf den nächsten Job an, Kohle und Rummel sollte er bringen. Nelson wollte berühmt werden und sein Konterfei in den Zeitungen sehen.

Ich stieß auf die Paisa an, die sich in mein Herz getanzt, die ihr Bild in meine Seele gepinnt und ein qualvolles Warten in mir ausgelöst hatte. Wie eine Katze, die ihre Milchschale sucht, streifte ich unruhig durch die Tage. Nuzbels Frage konnte nicht ausbleiben: Was ist? Haste dich schon abgekühlt in den Fluten der Paisa? Sei kein Arschloch, Nuzbel, lass den kleinen Schrott in Ruhe, kam mir Nelson zu Hilfe. Aber du hast sie doch angerufen, Junge? Ich biss an meinem Schweigen. Aus der Unterlippe sickerte ein Tropfen Blut. Ich wollte diesen Wichsern auf keinen Fall eingestehen, dass ich es vierzehn Tage lang nicht über mich gebracht hatte, diese verdammte Nummer in die Wählscheibe zu drehen. Ich hatte Schiss, sie könnte den Hörer auf die Gabel knallen oder fragen, wer zum Teufel ich überhaupt sei, wie ich dazu käme, sie anzurufen. Dann aber gab ich mir einen Ruck und rief an. Drei Tage lang, alle fünf Minuten. Rauschen in der Leitung, Hörer schlecht aufgelegt. Ihr Schweigen ließ meine Haut zu einem leeren Balg schrumpfen, während das Verlangen nach ihrem Körper hinter geschlossenen Lidern flackerte. Eines Abends, es war schon elf, langte ich - wohl aus guter Vorahnung - wieder zum Apparat. Wählte die Nummer, ließ es läuten, ich schnaufte, mein Atem rasselte vor Aufregung. Dann ihre Stimme, die Stimme meiner Lebenstänzerin, die mich erkannte und sofort in den Rhythmus jener Nacht ihres magischen Auftritts einschwang. Mensch, Kumpel! Das ist aber ne Freude! Hör mal, ruf mich doch am Montag an. Ja, um diese Zeit. Ich muss dich unbedingt sehen. Ich hätte zerspringen können. Tausendmal hab ich es abgeknutscht, das hurenverfickte Telefon. Hab geträumt, dass die Paisa auf meinem Handteller tanzt, unermüdlich, im höllischen Rhythmus ihres Blutes. Nuzbel riss mich aus meinen Träumereien. Siehste, du Wichser! So läufts. Jetzt kannste dich abkühlen an der Paisa. Aber steig auch wieder runter von ihren vier Buchstaben - die ist ne Hornisse, giftig wie nur was.

Wir waren bereits zu. Nuzbel ließ Teller und Röhrchen auffahren und orderte Koks, gleich eine stattliche dreifache Dosis. Und seine heitere Stimmung wich tiefer Betrübtheit, er kriegte wieder diesen düsteren Blick. Er kippte das halbe Briefchen vor sich hin und mich packte die Wut. Weißte was, Nuzbel? Ich finds verdammt bescheuert, dass du dir das Zeug reinziehst... Nelson und ich hatten uns geschworen, nie wieder zu kiffen in seiner Gegenwart. Seine Sache, wenn er einen Trip wollte, wir jedenfalls würden ihm nicht mal nachwinken. Nuzbel verstummte. Mit einer Rasierklinge hatte er das Zeug auf dem Teller zu einem weißen Strand, seinem ganz privaten Strand, zerkleinert. Dann nahm er das Röhrchen und schnüffelte mit einem Nasenloch, gierig wie eine läufige Hündin. Die Reise ins Land der traurigen Nächte hatte begonnen, haarscharf führte sie an den Abgründen seines Lebens vorbei. Seine Finger verkrampften sich und er atmete, als wollte er an seinem Atem ersticken.

Es war so gegen zwei Uhr früh, die letzten Überbleibsel menschlichen Abschaums waren aus dem Schuppen geschwappt. Der Dunst von Zigaretten und Schnaps war in der stinkigen Gefrierbude zu einem dicken Klumpen erstarrt. Nuzbel döste oder tat zumindest so, als würde er sich ausdösen von der langen Reise in seine Traurigkeit, ein anderer ruderte ihn durch den unbekannten Fluss. Dann kam er ans Ufer zurück, zog mit blind gehorchenden Fingern abermals seinen weißen Strand und schob ihn mit kräftigem Zug in die Nüstern. Der Nasenflügel blähte sich wie ein alter Blasebalg. Es gab ein Geräusch, als würde er schnarchen. Nuzbel schüttete den Rest des Pulvers auf den Teller und zog sich etwa die Hälfte davon rein. Wumm. Er war sofort weg. Auch ich klappte zusammen vor Rausch und Müdigkeit. Nelson schnarchte bereits, schnaubte, als wollte er einen ganzen Fliegenschwarm wegblasen.

So um sieben wacht Nelson auf. Will fahren. Ich beug mich zu Nuzbel rüber, um ihn zu wecken. Nichts zu machen. Schläft wie ein Ratz, der Kerl. Ich stoß ihn an, rüttel ihn und bums, kracht er zu Boden. Sein Gesicht ist bleich und kalt wie aus dem Eisschrank. Der atmet ja nicht, sagt Nelson… der is ja tot, Bruder!… Komm, nix wie weg hier!… Nein, der ist nicht tot, sag ich. Nelson macht auf cool, würgt den Heuldrang runter. Ich weine heiße Tränen, will nicht weg, will Nuzbel nicht kalt zurücklassen, ihn den herbeigesehnten Tod auskosten lassen. Der Kellner kam und meinte, wir sollten abhauen. Seelenruhig sagte er es, als würde sowas jede Nacht passieren. Der Kerl ist rüber, Jungs, ihr kriegt nur Schererreien. Wir nahmen Nuzbel die Kohle und die Knarre ab und verpissten uns. Zehn Minuten später rauschte die Polente an. Sie warfen einen Blick auf die Leiche und schafften sie ins Leichenschauhaus . Er wär an einer Überdosis gestorben, schrieben sie auf den Dreckwisch, den man bei den Begräbnissen kriegt. Hätte gern gekokst, Todessehnsucht und so, zerrüttetes Leben, den hätte nichts mehr in dieser Welt gehalten und solch Schwachsinn.

Es war nicht eine Überdosis, die ihn in den Tod geführt hat, es war - Nuzbel hatte es von Anfang an gewusst - einer seiner Toten, der ihn seinem Schicksal zuführte. Einer, der es ihm nie verziehen hat. Der ihm auflauerte im Badezimmer, ihn mit dem Kopf gegen die Wand schlagen ließ, ihn beim Auf- und Zumachen der Wohnungstür Schauer über den Rücken jagte. Der ihn nicht fertig essen ließ, seinen Schädel mit trüben Gedanken überschwemmte, ihn drei Tage lang ans Bett nagelte und ihn danach mit höllischen Schmerzen peinigte. Dieser Tote hat Nuzbels Tod für die Nacht der Überdosis fixiert.

Am Vormittag stürmten die Bullen Nuzbels Apartment. Zum Glück hatte uns der Boss rechtzeitig verständigt. Wir sollten schleunigst verschwinden, befahl er. Sie versiegelten die Wohnung und nahmen alle persönlichen Gegenstände in Beschlag. Keine Chance, die Leiche zu reklamieren. Der Mann hatte einen Leumund, der sich sehen lassen konnte. Nicht weniger als fünfundzwanzig Pappmännchen soll er in die ewige Horizontale befördert haben, makellos, mit sauber plazierten Kopfschüssen. Man warf den Toten in ein Sammelgrab, verscharrte ihn wie einen räudigen Hund. Keine Blumen, kein Grabstein. Ein Namenloser, vergessen in alle Ewigkeit. Sein Tod traf mich knüppelhart, auch Nelson ging er mächtig unter die Haut. Wir mussten wieder zurück in die Pension. Nuzbels Abtritt riss eine Lücke in unsere Seelen, er war sowas wie unser einziger Freund gewesen, unser Bruder, unsere Familie. Mir war, als würde der Tod auf leisen Sohlen um uns herumscharwenzeln, um uns werben, uns mit Schalmeienklängen zu sich locken. Ich verstummte und fraß Nuzbels Ängste in mich hinein.

Sechs

«Das ist das einzige Foto, das ich von meinem Bruder Nelson besitze», sagte Ramón Schrott. Er war traurig, und er hatte vorher gewusst, wie es ausgehen würde. «Die Aufnahme wurde im Berrío-Park gemacht, zwei Wochen bevor sie ihn umgebracht haben...» Die Arme um den Leib geklammert, die Fingernägel ins Fleisch der Arme gekrallt, unterdrückte er die Tränen. Dann fasste er sich und lächelte, machte sich los von dem Bild, das ihn unaufhörlich verfolgte, als gelte es, das einem Sterbenden gegebene Versprechen einzulösen.

Er reichte mir das Foto, das eine Schere auf die Konturen von Nelsons Gestalt zurückgeschnitten hatte, sicher in der Absicht, den Hintergrund oder die Gesellschaft, in der er sich zum Zeitpunkt der Aufnahme befand, zu entfernen. Im Gegensatz zu dem stämmigen, fast quadratischen Ramón wirkte Nelson schlank und großgewachsen für seine sechzehn Jahre. Er trug ein rotes Stehkragenhemd, gebleichte Jeans und protzige Turnschuhe. Ein introvertierter, selbstvergessener Junge, der kaum lächelte, vielleicht weil die Hiebe, die er in einem durchhetzten Leben einstecken musste, ihn früh zum Mann geschlagen hatten. Und wo ist der Rest des Fotos? Vergiss deine saublöde Frage, schien Ramóns durchdringender Blick zu sagen, kipp sie in den Müll und hör auf zu nerven. Ich wollte sein Schweigen nicht unterbrechen. Sein Gesicht hatte sich verwandelt, das Dauerlächeln war erloschen. Tarantel, das graue Kätzchen, spielte mit dem Laken, das den schummrigen, feuchten Raum abteilte, den Ramón mit seiner Familie bewohnte. Ihre Pfoten haschten nach einer eingebildeten

Beute, ritzten mit ihren scharfen Krallen das über die Jahre grau gewordene Tuch.

«Auf dem Foto waren wir zu dritt: Nelson links, die Paisa in der Mitte, ich rechts. Die Paisa und ich umarmt im verstunken verlogenen Traum von lebenslanger Liebe.» Abermals driftete Schrott in sein Schweigen. Seine Frau saß auf dem Bett und stillte die Kleine. Sie sagte kein Wort, als fürchtete sie die eigene Sprache. Nach einer Weile, das Kind lag jetzt in tiefem Schlummer, stand sie auf und fragte: Möchten Sie Kaffee? Sie ging aus dem Zimmer, und ich betrachtete sie im Gegenlicht. Ein schlanker, wohlgestalteter Körper, feste und sichere Schritte. Tarantel lief hungrig hinterher.

«Über Nelson können Sie mich befragen, so viel Sie wollen. Aber fragen Sie bitte nicht nach der Paisa. Die Paisa ist frisches Blut in meiner Erinnerung, das nicht trocknen will». Mit einer Mokkatasse in jeder Hand kam seine Frau ins Zimmer zurück. Sie reichte mir wortlos, aber freundlich die eine und gab, etwas weniger freundlich, Ramón die andere. Ihr gefiel nicht, dass Schrott nun schon seit drei Monaten diese Gespräche mit mir führte. Sie hatte Angst, die Aufarbeitung seiner Jahre in Medellín, dieser dunklen und für beide noch so präsenten Zeit, könnte ihre junge Beziehung gefährden. Schrott hatte mich über die Bedenken seiner Gefährtin im Unklaren gelassen. «Die Blonde weiß Bescheid über mein Leben, sie hat mich angenommen, wie ich bin», hatte er mir lächelnd versichert.

«Zwischen Nelson und mir kam es in seinen letzten Lebenstagen zu einer gewissen Entfremdung. Nelson wollte seine eigene Bande gründen und auf eigene Rechnung arbeiten. Er fing sogar an, Dinger zu drehen, ohne Don Luis einzuweihen. Und mich ließ er nicht mitmachen bei diesen geheimen Dingern. Schwuchtelchen von meinem Bruder, sagte er, diesmal bleibst du hier. Zu gefährlich für dich, das Ding. Dich brauch ich ja für den Tag, wo du mir die Augen zudrückst und Friedhofserde auf meine Knochen schaufelst. Und in der Tat, das Schicksal richtete es so ein. In seiner Todesstunde war ich bei ihm, und auch am Tag seiner Beerdigung war ich bei ihm. Ich wurde zum elenden Totengräber meiner Brüder. Erst Nuzbel, dann Nelson. Versuchte ich seinen schwarzen Vorahnungen nachzuspüren, umarmte er mich und flüsterte: Ich will mal schnell aufn Trip gehen, und steckte sich die erste Basuco-Lulle einer langen Basuco-Nacht zwischen die Lippen. Dann starben die Worte im Rauch. Der Rauch schob sich wie eine riesige, undurchdringliche Wand zwischen uns. Und ich stand da, hilflos, gelähmt, und ein Schwall von bitterem, giftigen Kloakenwasser riss mich fort.

Meinem Bruder gefiel die Paisa nicht. Ich glaube nicht, dass er sie hasste, aber wahrscheinlich ging es ihm gegen den Strich, dass sie mir dauernd auf der Pelle klebte. Sie hatte sich irgendwie zwischen uns gekeilt. War aber immer voll des Lobes über Nelson, was für ein toller Kerl er wäre und so. Ehrlich gesagt weiß ich nicht, wer von beiden schuld war an dieser beschissenen Entfremdung. Vielleicht war es eine Frage des Blutes, die sich mit Worten nicht erklären lässt. Nelson hat nie eine feste Freundin gehabt, nicht einmal eine Bettgefährtin für mehrere Nächte hintereinander. Ging auch nie Tage lang zu ein und derselben Nutte. Schleimte sich einfach ab und vergaß. Lebenslänglich gebunden sein war nichts für ihn. Er begnügte sich mit seinem Freund und Leibschatten, der Schwuchtel von seinem Bruder.

Unsere Familie war so gut wie kein Thema. Nur einmal, nach einer Nacht, in der wir gemeinsam bei den Nutten waren und frühmorgens in die Pension latschten, da umarmte er mich und fing an zu heulen. Ramonchen Schrott, unser Vater war ein Batzen Scheiße, sagte er und heulte. Von da an war die Familie für ihn gestorben. Er weigerte sich, mit mir darüber zu reden.»

Ramóns Tochter war aus dem Schlaf geschreckt und weinte. Seine Frau nahm die Kleine und kam zu uns herüber. Sie hockte sich auf den Boden und gab ihr schweigend die Brust. Das Kind beruhigte sich. Tarantel, als hätte sie unserem Gespräch gelauscht, näherte sich Schrott und begann um seine Beine zu schnurren. Er hob das Kätzchen auf seinen Schoß, strich über das sanfte Fell und begab sich wieder auf die Suche nach seinem Bruder Nelson, den Spuren nachgehend, die dieser in sein Leben gedrückt hatte.

Nuzbel - dem blieb gar nichts anderes übrig, als sich das Gas abzudrehen. Der Selbstmord war der einzige Ausweg aus der Einbahnstraße seines hurenverfickten Lebens. Ich sag dir, Jungchen Ramón, kein Killer, auch wenn er noch so kaltblütig, noch so berechnend und noch so draufgängerisch ist, kann so einen Brocken, wie Nuzbel ihn auf dem Gewissen hatte, auf die Dauer mit sich rumschleppen. Die Worte der Paisa hackten mit der Schärfe eines Metzgerbeils in mein Ohr. Dass Nuzbel sich nicht das Gas abgedreht hätte, dass er nach einer Überdosis abgekratzt war, wollte ich erwidern. Aber die Paisa ließ mich nicht zu Wort kommen, sie quasselte und quasselte in einer Tour, tanzte sich in ein atemberaubendes Solo der Worte hinein, Worte, die mir um den Kopf wirbelten und den Verstand raubten.

Aber keine Sorge, Jungchen, ich kenne ein Mittel gegen die Trauer, die der Tod der Freunde in uns hinterlässt. Ich werde dich heilen mit meinen Wunderhänden, von allen Herzens- und Leibesqualen werde ich dich heilen. Nur glaub mir eins: Hinter diesem Tripperschwanz von Nuzbel war die Stimme und das Geheul eines Opfers her, das im Tod keine Ruhe fand. Schnalls doch endlich: Niemand in Medallo wollte einen lebenden Toten töten, einen, der dem Tod sehenden Auges in die Arme lief. Wer den Tod sucht, braucht keine Mörderkugel. Dein Freund Nuzbel, der brauchte sich nur den Zeigefinger in den Mund stecken und dem Hirn den Selbstmordbefehl hineinschießen.

Dann machte die Paisa auf zärtlich. Ich wollte dich näher kennen lernen, begann sie das süße Garn abzuwickeln, drum hab ich dir in der Nacht, wo wir uns begegnet sind, meine Nummer gegeben. Sie tat, als würde sie meine Trauer verstehen, die wie ein riesiger Sarg auf mir lastete, mich niederdrückte und verdüsterte. Da, trink diesen Medellín-Rum mit Eis, schlürf ihn langsam und genüsslich und schüttle sie ab, die hurenverfickte Trauer um Nuzbel. Sie unterbrach sich, verkniff sich, was sie auf der Zunge hatte, und lenkte meine Gedanken zu den tausend Reizen und Verlockungen ihres Körpers. Und ihre Worte plätscherten erneut an mein Ohr, ein Flüstern, wie herangetragen auf sanft schaukelnden Wellen. Als würde sie einem zwölfjährigen Mann ein Kindermärchen erzählen, erzählte sie mir die Geschichte von Nuzbel:

Nuzbel war jahrelang der kaltblütigste und berechnendste Killer, den die Straßen von Medallo je gesehen haben. Ein Profi von echtem Schrot und Korn, ein Todesschütze, der unfehlbar ins Schwarze traf. Aber eines Tages geriet er an den Toten, der ihm das Dasein für immer vergällte, der ihn mit Abscheu und Grauen vor seinem eigenen Atem erfüllte. Dagegen ist kein Kraut gewachsen, da hilft kein Beten und kein

Bereuen. Es ist wie eine ewig schwärende Wunde, wie eine knochenzerfressende Säure. Nuzbel hatte sein Opfer, einen Politiker, den er umlegen sollte, in Schussweite vor sich und nahm ihn vom Rücksitz des Motorrads aus ins Visier. Der Mann aber merkt plötzlich, dass ihm der Tod im Nacken sitzt. Er wirft sich in die hintere Ecke des Wagens, aber weil Nuzbel ihn schon im Fadenkreuz hat, drückt er ab - und just in dem Moment reißt die fünfjährige Tochter des Pappmännchens, die neben ihm saß, die Arme hoch und schreit: Nicht schießen! Zu spät. Die Kugeln zerfetzen ihr Gesichtchen, das Blut spritzt über das weiße Kleid. Nuzbel erkennt seinen Irrtum und befiehlt dem Kumpel vorzupreschen, und wie sie den Wagen überholen, schießt er dem Chauffeur voller Wut das ganze Magazin in die Fresse. Das Fahrzeug kracht gegen einen Lichtmasten. Nuzbel klickt ein neues Magazin ein und ballert es am Körper des Politikers leer. Die offenen Augen der Kleinen starren ihn an, ihr Blick nagelt sich wie ein Bolzen in sein Herz. Tag und Nacht hört Nuzbel nun ihren Schrei, den Schrei des Mädchens, das er irrtümlich getötet hat. Dein Freund, Ramón, ist dem Tod begegnet, der Tod hat ihm die Hand geführt, als er seinem Leben ein Ende machte.

Ich weiß nicht mehr, ob ich eingeschlafen war. Ich weiß nur, dass der Albtraum, den ich hatte, ein verzweifeltes Rennen um die Häuserblocks einer schmerzverseuchten Stadt war. Nuzbel schlenderte unbekümmert durch eine ausgestorbene Straße. Plötzlich hörte er aus einem Fenster den gellenden Schrei eines Mädchens. Schlagartig flogen überall im Block die Fenster auf, und Nuzbel versteinerte unter dem tausendfach widerhallenden Schrei, der sich zu einem frenetischen, unbezähmbaren, trommelfellzerreißenden Klatschen verdichtete. Nuzbel presste die Hände gegen die Ohren. Vergebens. Seine Ohren verwandelten sich in berstende Schneckenhäuser, in nach allen Seiten hin splitterndes Glas. Er lief wie ein Rasender, geriet in Sackgassen, die ihn zum Umkehren zwangen, tastete sich die Mauern entlang, hämmerte mit den Fäusten gegen verschlossene Türen, ätzte sich die Orte, die er passierte, ins Gedächtnis, nötigte dem Körper Ruhe auf, rang nach Atem, bat um Vergebung. Nuzbel zückte die Neun-Millimeter und schoss blind ins Auge des Schreis, der wie ein Hornissenschwarm auf ihn herabstieß. Eine Kaskade dumpfer Geräusche prasselte jetzt gegen sein Ohr, es waren die aufschnappenden Türen der Häuser, sämtlicher Häuser, aus denen tausendfach das weißgekleidete Mädchen mit dem vor Entsetzen verzerrten Gesicht trat. Tausendfach brach sich der Schrei aus seiner Kehle, tausendfach war sein Zeigefinger gegen Nuzbels Rücken gereckt. Und Nuzbel, der in seiner Flucht innehielt und in einer langen, mit weißem Pulver bedeckten Straße auf die Knie fiel und wie ein Schoßhund an dem Pulver leckte und schnüffelte, bis er mit dem Körper der Länge nach hinschlug. Eine mitleidige Hand kratzte die Umrisse seines Körpers als Zeichen für die Freigabe des Leichnams in den Staub. Das Mädchen war verschwunden. Zurück blieb der Widerhall ihres Schreis, das Echo der tödlichen Wunde. Die Türen der Häuser knallten ins Schloss, eine Kaskade von Schlägen, zielsicher in den Kreis eines stillstehenden Herzens gesetzt.

Als ich wieder zu mir kam, lag ich splitternackt auf dem Bett der Paisa. Schweißgebadet, glänzend. Auf dem Kissen neben mir fand ich einen Zettel mit flüchtig hingeworfenen Zeilen. «Mein süßes Jungchen. Du bist mein Gast. Lauf mir nicht davon. Bin am Abend wieder da...»

Die Paisa sah mich an. Sie war nackt. In ihren Augen prickelte verstörende Neugier. Wenn du meinen Körper entdecken willst, sagte sie, musst du bei deinem eigenen Körper beginnen. Und ich begann unter ihrer kundigen Führung die doppelte Entdeckungsreise in unsere Körper. Wie ein Irrlicht in schwärzester Nacht lockte es mich, in ihre innersten Winkel und abgründigsten Tiefen einzutauchen und sie für immer in Besitz zu nehmen. Die Paisa lachte über die Unschuld in meinen Augen.

Leg dich flach auf den Bauch und lass dich von den Phantasien der Lust tragen, schalt ab, entspann dich, lausche nur meiner Flüsterstimme. Versuche die Linie zu spüren, die meine Finger auf deine nackte Haut zeichnen, spüre, als wärs zum ersten und zum letzten Mal im Leben, die Zeichen meiner Zunge, wenn sie den heißen Speichel auf deine Haut legt. Sammle dich, stell dir eine rote Sonne vor, die am Horizont für dich anschwillt, hefte sie an deine Stirn, zieh sie dir in die Schädelhöhle. Und eine schwüle Schlummrigkeit breitet sich in meinem Körper aus, die rote Sonne wandert durch eine endlose Ebene meiner Stirn zu, von dem Verlangen getrieben, sich wie ein Schmetterling an mein Leben zu heften. Die Hände der Paisa reiben meine Finger, die Hände der Paisa streicheln jede meiner Zehen, ihre Zunge schiebt sich zwischen meine Zehen, ihre Zunge schiebt sich zwischen meine Finger. Ein brennendes Kribbeln erfasst meinen Körper, der sich ihren Liebkosungen und ihrem Geflüster widerstandslos hingegeben hat. Mein Jungchen, mein Gast in dieser Nacht und in vielen Nächten, die rote Sonne haftet an deiner Stirn, steig ein und verbeiß dir das Stöhnen. Die klugen Finger der Paisa kneten den Knoten in meinen Schultern, gleiten über meinen Rücken, drücken sich sanft in die Mulden der Wirbelsäule. Den Fingern folgt die feuchte Spitze einer Zunge, die leise über meine Haut tastet. Fontänen der Wollust schießen hoch. Ihre Küsse flattern über meinen Körper, einer unberechenbaren Bahn folgend, während ihre Finger die Wanderung längs der Wirbelsäule fortsetzen und über die geheime Linie hinaus zum Anus vordringen, seltsam fühlt es sich an, wie die Zunge der Paisa ihn umspeichelt. Ich will zerspringen, will herumschnellen und sie an mich reißen und es ihr zeigen, wie ich es von den Nutten gelernt habe. Aber die Paisa bremst meinen Impuls, ruhig, mein hübsches Jungchen, säuselt ihre Honigstimme, stillgehalten und keinen Mucks. Die Erkundungsreise ist noch lange nicht zu Ende. An deinen Beinen werde ich mich hinablutschen, mich durch deinen blonden Flaum saugen, deinen Füßen und deinen Sohlen entgegenzüngeln, ich werde sie küssen, damit der Nachtregen durch deinen Körper rieselt. Der Nachtregen ihrer Küsse fällt auf mich, mit geballten Fäusten stemme ich mich gegen Lawinen der Lust, ziehe alle Gedanken auf die rote Sonne an meiner Stirn, diesen riesigen, flugmüden Schmetterling am Rande der Nacht.

Ich soll die Augen schließen, befiehlt die Paisa, und sie auf das Zentrum der roten Sonne richten, die meine Gedanken über ein stilles Meer schweifen lässt, rot an seinem Ufer, grün in der friedlichen Dünung, weiß im Schaum der flüchtigen Wellen mit ihren tausend Blicken. Die Zunge der Paisa umleckt meine Brustwarzen, die Finger ihrer Rechten umklammern die Wurzel meines Mastes, ihre Zunge sprenkelt über meine Brust, züngelt über die Wallungen meiner siedenden Haut, ihre flinken Finger gleiten auf und nieder an meinem Mast, der hineinstoßen will in dieses Meer, das mich überwältigt und aufstöhnen lässt. Die Zunge der Paisa legt Speichel frisch wie Morgentau auf die ganze Länge meines Schaftes, ihr Mund kühlt, schleckt ihn wie Eis an sonnenheißen Nachmittagen, besabbert ihn mit ausgeklügelter Raffinesse, lockt ihn tiefer und tiefer in die Labyrinthe ihrer Kehle. Dann sucht ihr Mund meinen Mund, ihre Zunge lotet die Abgründe meiner

Mundhöhle aus, peitscht Wirbelstürme aus meiner Zunge, saugt meinen Speichel ein und hinterlässt tiefen Durst in dem ausgetrockneten Rachen.

Mein hübsches Jungchen, entdecke die letzten Windungen meiner Höhlen, ächzt die Paisa, nimm ein Bad in meinen Fluten, suckel das letzte Tröpfchen aus mir raus und stoß mir deinen ganzen Körper hinein, ramm ihn mir hinein mit seiner traurigen Seele, ich werde jaulen, werde eine läufige Hündin sein, deine Straßenhure werde ich sein, die nuttigste aller Nutten von Medallo, meine Fotze, mein Mund, mein Arsch, alles soll dir gehören. Verlier deine Unschuld in meinem lust- und schmerzgezeichneten Körper, verirre dich in meinen Straßen, ich bin das schöne Medallo, das du entdecken sollst mit all seinen Geheimnissen.

Ich befolge ihre Anweisungen Wort für Wort. Leg dich auf den Bauch, mein geiles Luder, lass deinen Rücken triefen und glänzen, lass Arme und Beine ruhen und einen zarten Schlummer sich über sie breiten, schließe die Augen, suche den Samenstrom, der anschwellen und sich bis in die Wurzeln deiner Gedanken ergießen wird. Fühle die Spitze meiner Zunge, die wie ein zügelloses Pferd über die wache Haut deines Rückens sprengt und heißen Speichel versprüht. Meine Finger wühlen in ihrer Arschfalte, verheddern sich im dichten Gestrüpp ihres Ringelhaars. Meine Zunge umspeichelt den Ring ihres Anus, mein Finger bohrt sich in das Loch, ihr Ärschen dehnt sich und schließt sich wie ein saugender, schlingender Schlund. Ich höre ihren ersten Kreischer, spüre, wie ihr ganzer Leib aufbebt, während mein Finger entlang der glatten, ziehenden Wände tiefer und tiefer eindringt. Unvermittelt fährt der Finger heraus, und die Paisa zuckt, zuckt als würde ihr jemand die Luft abschneiden. Meine Zunge lechzt nach den Kitzelstellen ihrer Fußsohlen, den Zwischenräumen ihrer Zehen, Speichelpfützen will ich dir reinsabbern zwischen deine Zehchen, Paisa, du scharfe Natter, du lusttolle Turteltaube, du Pulverfass der Leidenschaften ... Halt! Keinen Mucks! befehle ich der Paisa, die ihre Glut ausspeien will, die mein Blut tosen lässt wie den Strom, Paisa, den Strom, der in dich stoßen und dich überfluten und dich ersäufen will in deiner Lust, Paisa, meine Lehrerin, meine Meisterin. Stillgehalten, du Straßenhündin, stillgehalten an der Ecke der Träume, jetzt wird nicht um Erlösung gewinselt, jetzt gehörst du mir, du Seidenkreisel, ich bin der Kerkermeister aus dem Häftlingslied von Fruko y sus tesos. Mein Fohlen hat das Lasso abgeschüttelt, es wiehert vor Brunst und will das Feuer löschen, das in der Nacht, als ich dich zum ersten Mal sah, in mir auflodorte, ein funkelnder Nachtfalter hängengeblieben im Netz meiner Gedanken, ein Schuss, der meine Phantasie in Flammen schoss. Zügellos sprengt mein Fohlen dahin, deinem prächtigen Anus entgegen, aber es lässt sich nicht einfangen, es galoppiert über die runden Knöchelchen deiner Wirbelsäule auf deine Nackengrube zu, wo es sich ausruhen soll, mein Pferdchen, wo meine Neun-Millimeter ihr Feuer hineinspucken will. Aber ich mache kehrt, Paisa, Traum meiner Träume, ich gleite auf deinem Rücken abwärts, Paisa, gleite suckelnd und speichelnd auf deinem Rücken hinab mit einer Zunge, die danach lechzt, dir meine Fickrigkeit ins Ohr zu lallen. Genug der Fesseln, Paisa, heißes Luder, du sollst dich rühren und austoben können. Und ihr Körper biegt und windet sich wie der Leib der Verrenkungskünstlerin, die ich im einzigen Zirkus meines Scheißlebens gesehen habe. Sie kniet sich auf und hebt beängstigend langsam ihre straffen Pobacken an, streckt sie so hoch gegen den tiefblauen Himmel, als würde ihr Fleisch vom Universum angezogen. Das Gesicht vergräbt sie zwischen den Armen. Ich höre dein

Geflüster, Paisa. Mein Mackerchen, mein Vorzugsschülerchen, soll ich aufmachen, fragt meine Paisa, ganz aufmachen? Ja, mach auf, Paisa meiner Verzückungen, mach ganz auf, lass dich durchreißen wie warmes, ofenfrisches Brot. Ihre Pobacken schieben sich meinem Fohlen entgegen, in ihrer Mitte die feuchten Tiefen, der Eingang zu heißen, unbekannten Höhlungen, bereit, sich dem angeschwollenen Strom aufzutun. Ich umklammere ihre Schultern, mit aller Kraft ziehe ich ihre Pobacken an meinen Bauch, und mein glühendes Fohlen dringt in diesen struppigen, lianenverschlungenen Urwald ein, verliert sich darin wie ein flussab treibendes Boot, mein Fohlen will sich in die Fluten stürzen, aber ich zügle es, mein Tierchen, das zitternd das Loch in deinem Ärschchen sucht, das zarte, faltige, brombeerfarbene Löchlein, das auf mein Tierchen wartet. Und dann dringt es ein und wird eingesogen und eingeschnürt vom Pressen und Ziehen deines Schlundes, Paisa, du Hexe, du Drecksluder ... mein Jungchen, mein allerliebstes Arschloch, lodernder Tripperschwanz meiner Phantasie, einsamer Kokser im Morgengrauen, gebeutelt vom Schmerz um einen Toten in diesem vom Tod getränkten Hurenmedaillon, das ausgeblutet ist wie nach hundertjähriger Menstruation. Ich will dich reiten, Jungchen, ich will es zureiten, dein Fohlen, das meine Eingeweide durchdringt. Und die Paisa haut ihm die Sporen in die Flanken, als wollte sie mein Tierchen zu Tode reiten, und zwischen ihren fleischigen Lippen sprudelt eine Sintflut allergöttlichster Hurenworte hervor: mein Fickerchen, meine Fress-dich-auf-Schwuchtel, du hurenverdreckter Tripperschwanz, Wirbelsturm meiner Fotze, sachte, langsam, schau auf die Sonne über der Ebene, die dich mit der Nachmittagshitze überschwemmt, sachte, brems dich ein... los, ein bisschen flotter, du Hurenschwanz meiner Existenz, du Ausgeburt eines Albtraums, du widerwärtiger Hund meiner Hündin, lutsch mir die Titten, saug dich dran fest, beiß mich ... schneller, hab ich gesagt, schneller, stell dir vor, du drehst das Ding deines Lebens, mein Körper ist der Panzerschrank, der alles Geld der Welt aufbewahrt, du mußt ihn knacken, süßes Mackerchen... ich hör ihn, hör das Tosen in deinem steifen Schlauch, spüre die Glut an den Wänden meiner Schlucht... Mach schneller, mach... mach... ich kann die Fluten nicht mehr halten ... es geht ab... Ein Schrei, ein markdurchdringender, lang hingezogener Schrei, ich suche Zuflucht in ihren Armen, ihre Fingernägel krallen Blutfurchen in meinen Rücken, die Paisa, die Straßenhure, die Lehrerin meiner Ausschweifungen, zerflossen, ausgeronnen in ihrer Lust, zu Tode ermattet.

Zwei Tage und Nächte eines irren Rausches. Rausch zweier Körper, die sich wach und enthemmt begegnen. Sie zog sich Koks rein, ich kiffte meine Basuco-Joints. Das Gelächter der Paisa schmetterte gegen Wände und Türen, prallte zurück, flutete durch den Raum. Sie war launisch, herrisch, unersättlich, ich hatte wenig zu bestellen. Ich schwitzte den kalten Schweiß dieser hurenverfickten Angst, die mich hetzte wie eine Meute ausgerissener Jagdhunde. Ich vergrub mich in meinen Armen, ich wollte mich unsichtbar machen für die Blechtrommelschläge in meinem Herzen. Ihr Gelächter und meine Angst, Hand in Hand, um uns aufzumuntern, wenn wir nackt durch die Zimmer, die Küche, das Bad tanzten. Ich wollte jeden Tropfen ihres üppigen Schweißes in mich hineintrinken, während ihre heiße Zunge über meinen Körper leckte und ihre gierigen Lippen Zeichen der Ewigkeit auf meine Haut malten. Übermüdet fielen wir ins Bett, ineinandergekeilt, starr. Am Nachmittag des darauffolgenden Tages riss mich die Angst aus dem Bett. Ich suchte die Paisa und fand in der Matratzenkuhle den Zettel mit der hingeworfenen Schrift:

«Liebes Jungchen, es ist ausgeträumt. Ruf mich nicht an. Ich melde mich, wenn ich deinen Körper brauche. Dicke Küßchen. Die Paisa ...»

Als ich in der Pension die Tür zu unserem Zimmer öffnete, fand ich Nelson ausgestreckt auf dem Bett liegend. Er sah blass und abwesend aus. Wie aufgebahrt lag er da, als hätte er einem Toten seine leibliche Hülle geliehen. Er grüßte nicht zurück, entzog sich meiner Umarmung, reckte mir nur ein motziges Schweigen entgegen. Was ist los? Nelson musterte mich vom Scheitel bis zur Sohle, taxierte mich mit dieser Visage, die er aufsetzte, wenn ihm was über die Leber gelaufen war. Ich setzte mich an den Rand seines Bettes. Bruderherz, sagte ich leise, jede Silbe betonend, ich bin doch dein Leibschatten. Feixendes Lachen schallte mir ins Gesicht, ein schöner Leibschatten bist du, ein Leibschatten, der sich weggeschattet hat. Wieso weggeschattet? Das fragst du noch, du hurenverdreckter Tripperschwanz... Don Luis sucht dich seit zwei Tagen, und du hast nicht mal nen Furz von dir hören lassen! Ich erzählte ihm von meiner Fickklausur mit der Paisa. Diese Ficke wird dein Verderben sein! Vergiss nicht, was Nuzbel gesagt hat: Kühl dein Schwänzchen an der, und dann nichts wie weg. Pass bloß auf, Wichserchen von Bruder. Vergammel mir nicht im Schweinestall der Liebe. Gib der Sau den Laufpass, und das besser heute als morgen! Ich sagte nichts, um kein Öl ins Feuer zu gießen. Nelson kippte wieder in seine Stummheit ab, er malte mit den Fingern unsichtbare Figuren an die Wand und flüsterte ihnen Worte zu, die ich nicht verstand.

Dann schaukelten wir das letzte Ding im Auftrag des Alten. Die Gringos, die kommen werden, haben eine Menge Dollar dabei, sagte er. Und diese Dollar gehören uns, darum wollen wir sie uns auch holen. Es war in einem großen Gebäude, einem Finanzhaus oder so. Wir mussten sie umnieten. Reine Notwehr, ich schwörs. Einer von den Gringos zog nämlich die Kanone und drückte ab, ich schmiss mich auf den Boden und knallte ihm liegend zwei rein. Der andere wollte abhauen, aber der Matz, der bei mir war, säbelte ihn um. Wir krallten uns das Köfferchen, der Wagen rauschte an, und wir sprangen auf. Abfahrt.

Zwei Wochen später traf die Nachricht ein, dass sie den Alten mitsamt seiner Leibwache umgebracht hatten. Sie waren mit einem schwarzen Mercedes der neuesten Serie losgefahren, aber sie kamen nur zehn Block weit. Die vier Killer räucherten die Karre förmlich aus. Es war die Rechnung für die Dollars, die wir geraubt hatten. Hinter diesen Gringos würden üble Mafiosi von der United Fruit stecken, hieß es, und die hätten ein paar schwere Jungs geschickt, um den Alten aus dem Weg zu räumen. Nelson und ich kamen uns nach dem Tod unseres Ersatzvaters richtig verlassen vor. Noch nie waren wir so einsam gewesen. Nelson tauchte jetzt völlig in sein Gedankenlabyrinth ein. Er redete kaum noch, und wenn er was sagte, war es ohne Saft und Kraft.

Sag mal, Kleiner, hast dus nicht satt, so einen Rattenschwanz von Leichen hinter dir herzuziehen? hämte die Paisa, als sie meine neuerliche Trauer bemerkte. Don Luis musste ja mal sein Fett abkriegen. Wenn einer ständig andere abmurksen lässt, dann wird irgendwann mal auch er selber abgemurkst. Ich töte dich, du tötest mich. Die Logik des Lebens. Worauf es dabei ankommt, ist, wer zuerst und zuletzt schießt. Und sie lachte wie vom Wahnsinn geschüttelt. Sie legte Salsa auf und fing an zu tanzen, wiegte wippte wirbelte im Takt ihrer Schritte, schien einzuschlummern in ihren Armen. Wir gingen ins Bett, aber sie verwehrte mir die Freuden ihres Körpers.

Ich will schlafen, Jungchen. Hol dir einen runter, wenn du bumsen willst. Drehte sich um, ringelte sich ein und pennte weg. Als ich aufwachte, war sie verschwunden. Ich fand den üblichen Zettel: «Jungchen, ich meld mich in den nächsten Tagen. Dass du mir nicht wegstirbst mit deinem Kummer. Die Paisa ...»

Sieben

«Mit dem Ende der erlebten Geschichten beginnt die Scheiße des Erinnerns. In diesem Augenblick will ich vergessen, nichts wie vergessen. Mit dem Messer will ich mir die Erinnerungen aus dem Herzen schneiden. Ich will mich befreien von den Gespenstern, die mich knebeln, die durch jeden Spalt meiner Gedanken schlüpfen und mich mit ihren Wahrheiten hetzen. Ich kenne weder Reue noch jämmerliche Schuldgefühle. Wenn ich von meinen Erlebnissen in Medellín erzähle, so deshalb, weil ich einen ruhigen Schlaf des Vergessens schlafen will. Ein Wunschtraum, ich weiß», sagte Schrott.

«Sie müssen es veröffentlichen», sagte seine Lebensgefährtin mit etwas zittriger Stimme, als ich mich an der Haustür von ihr verabschiedete. Ich nickte. Ich dankte für ihre Unterstützung, und sie trat ins feuchte Dunkel des Hausflurs zurück. Ramón und ich verließen das Viertel Johannes Paul II und folgten den scharfen Kurven der Betonstraße, die unten in San Francisco endet. Auch dieses Mal gelangten wir an eine Treppe, deren Stufen halsbrecherisch an der Flanke des Berges hingen. «Mal sehen, wer von uns beiden der schnellere ist», rief Ramón Schrott. Mit großen Schritten und knabenhaftem Übermut rannte er los. Ich hatte ihn im Nu aus den Augen verloren. Keine Frage, dass ich die Herausforderung zu diesem Wettlauf in die Tiefe nicht annahm. Langsam, darauf bedacht, nicht zu straucheln, stieg ich Stufe um Stufe zum Fuß der Treppe hinab, wo Schrott mich lächelnd erwartete. «Sie gehen sehr behutsam mit Ihrem Körper um», meinte er, während er mir auf die Schulter klopfte. Wir lachten. Er machte einen zufriedenen Eindruck. Wir stiegen in den Bus und fanden zwei freie Sitzplätze. Schrott öffnete das Fenster. «Weiter vorn zeig ich Ihnen dann meine Müllroute», sagte er. Der Müll, der sein Leben von klein auf geprägt hatte, war auch jetzt, in seinem 19. Lebensjahr, seine einzige Überlebenshoffnung. Als wir die Brücke über den Río Tunjuelito querten, zeigte er auf den Fluss, eine schwarze Brühe, die sich träge durch Unrat und Verwesung wälzte. «Müll und Scheiße verquirlt wie in meinem Leben. Ein Strudel, aus dem man nie mehr rauskommt... aber immerhin: ich lebe...»

Der Bus ruckelte durch das Meissen-Viertel. Er hielt immer wieder an, um weitere Menschenfracht zuzuladen. Wabernder, sich in Nase und Augen nadelnder Staub einer unasphaltierten Straße. Als wir das Viertel von San Carlos passierten, war das Fahrzeug zum Brechen voll. Ein explosives Gemisch zusammengedrängter, hart aneinandergepresster Leiber. Über dem Süden der Stadt hing der schwüle Geruch von Schweiß. Aus dem Lautsprecher dudelte eine mir bekannte Melodie von Fruko y sus tesos. Schrott summte mit und trommelte den Rhythmus auf die Knie. Dann sang er mit Joe Arroyo: «Ich geh in die Stadt / Ich geh zu meim Job / In der Stadt da gibts Spaß / Den will ich mir holen / Ich lass ihn zurück / All den Müll und den Mist / Der deine Liebe auffrisst / Keiner weiß wie ich heiß / Aber ich komme zurück und dann nehm ich dich mit...»

Als der Bus über die Fünfzigste Süd auf die Kreuzung mit der Caracas zufuhr, zeigte Schrott erregt in die Fahrtrichtung. «Da, da vorn beginnt meine Müllroute. Meine Lebensroute. Am Abend lasse ich den Rollkarren in einer Autowerkstatt. Punkt vier Uhr früh breche ich zu meiner Tour auf...» Und er lächelte wieder dieses Lächeln, mit dem der Mensch ein eifersüchtig gehütetes Geheimnis in Schlüsselmomenten des

Daseins preisgibt. «Aus dem Müll komm ich, vom Müll leb ich, mit dem Müll erhalte ich meine Frau und meine Tochter. Kann sein, dass irgendwer eines Tages meine Knochen im Müll finden wird. Ich bereue nichts. Schuldgefühle und solche Schwulitäten sind mir fremd.»

Ich sehe einen karrenschiebenden Ramón Schrott, sehe, wie er sein Holzgefährt mit gestreckten Armen vor sich herrollt, wie er den rechten Fuß auf das Trittbrett setzt und den linken als Hebel verwendet, um die Geschwindigkeit zu erhöhen. In seinem Rücken die Jagdhunde, kriechende, von Zeit zu Zeit schneller werdende Autokolonnen, Fahrer, die schäumen, wild hupen, ihn zur Hölle wünschen. Aber Schrott lässt sich nicht beirren. Er ist den täglichen Hexenkessel gewohnt. Manchmal bleibt er stehen, gelassen und herausfordernd, dann quetschen sich die Fahrer an ihm vorbei, beschimpfen ihn, verfluchen ihn. Am liebsten würden sie den Kerl plattwalzen, seinen Balg an zwei Pfählen aufspannen und ihn unter der Sonne dörren lassen, als abschreckendes Beispiel für all dies Lumpenpack, das die Straßen ihrer Hauptstadt Bogotá verstopft. Abermals lassen sie ihr Gehupe ertönen. Schrott, der die Stadt im Leib hat wie zwei mächtige Lungen, wie eine riesige Niere und ein bollerndes Elefantenherz, hält mitten auf der Straße an, wendet seinen kantigen, quadratischen Körper und feuert eine Breitseite gegen die Meute: «Ihr vertrippterten Hundsknochen, ihr ausgeschissenen Arschgeburten, ihr Hurenschwänze einer hurenverfickten Gesellschaft, die nur den Genickschuss kennt, Zufallskreuzungen von einem Kotspritzer und einer Auspuffwolke, fahrt doch drüber über diesen kleinen Mann, der euch den Müll einsammelt und den Dreck wegputzt.» Das Leben hat ihn mit einem Arsenal an Kraftausdrücken und Gesten gewappnet, die ihm helfen, sich im Dschungel der Straße zu behaupten. Und in seiner Phantasie mäht er sie alle nieder mit der Uzi, sieht er schreckgeweitete, in den Tod starrende Augen, durchlöcherte Leiber, Bäche nicht versiegenden Blutes. Schrotts Schimpfkanonade wirkt. Die Autofahrer beruhigen sich. Schrott schwenkt an den Straßenrand und lässt die Schlange passieren.

«Ich hab so was wie eine geistige Landkarte meiner Müllplätze angelegt. Sie geht von der Fünfzigsten Süd bis rauf zur Sechzigsten Nord in Chapinero. Mietskasernen gehören dazu, Bordelle, Fabriken, Kneipen, Bestattungsunternehmen, Kliniken, Schulen, Pensionen, Motels, Bürohäuser... Den Müll, den sie auf die Straße stellen, sortiere ich in drei Klassen: Schrott - meine Spezialität -, Eisen, Kupfer, Aluminium und Blei, dann Papier, Pappe und Plastik und schließlich, zu Ehren meiner Mutter, jede Art von Flaschen.»

Wie ein todeswütiger Stier rast der Bus über die Caracas, bremst jäh ab, spuckt noch im Rollen einen Teil seiner Fracht aus, ruckt wieder an. Die Mitfahrenden greifen instinktiv nach den Haltestangen. In mörderischem Tempo geht es weiter auf dieser trostlosen Verkehrsader durch eine noch trostlosere Stadtlandschaft, entlang zerdellter, grimmig verbogener, die Fahrbahn teilender Eisenplanken und Betonklötze, die an ein riesiges Gefängnis erinnern. Die Straße ein endloses Band, das durch eine Lagune aus Smog und Verwesung schlingert, durch Schwaden aus Kot und Urin, die regelmäßig zum tiefblauen Himmel über dieser Stadt emporwallen.

Wie Greifklauen wühlen sich Schrotts Hände in die Müllsäcke, werden fündig, fördern zutage, breiten aus. Lüsterne Augen, die sortieren, eine Nase, die den Fäulnisgestank der Zersetzung gewohnt ist und keine Unterschiede mehr wahrnimmt. Die Kleider verkrustet zu einer luftundurchlässigen Schale. «Der Geruch des Mülls steckt tief drin in mir, auch wenn ich gebadet habe und saubere Kleider trage, ist er zu riechen. Kein Wasser wäscht ihn heraus, kein frisches Hemd kann ihn überdecken. Meine Haut riecht nach Müll, mein Gewissen riecht nach Müll. Riechen Sie an meiner Haut, riechen Sie an meinem Blick, an meinen Kleidern, meinem Atem. Der Müll lebt mit mir, er ist mein ständiger Begleiter», sagte Ramón Schrott, kurz bevor ich an der Haltestelle Caracas/Dreizehnte ausstieg. «Vergessen Sie den Menschen Schrott nicht, wenn Sie das Buch schreiben, lassen Sie mich irgendwo zwischen den Zeilen weiterleben.» Er verabschiedete sich mit einem Händedruck. Es war, als wollte er sagen: Meine Geschichte neigt sich dem Ende zu, auch die Agonie meines Erinnerns wird bald zu Ende gehen...

Die Paisa erwies sich als zäh und verwegen. Sie war kaltblütig wie eine zubeißende Schlange. Kriegte nie weiche Knie. Keine Wohnungstür blieb ihr verschlossen, kein Türriegel konnte ihren fingerfertigen Händen wi-derstehen. Feiner Riecher für Häuser, wo die Besitzer fest schliefen und nicht ahnten, dass die ersten Sonnenstrahlen in ein Wohnzimmer ohne Schmuck und Stereoanlagen leuchten würden. Kühn bei Raubüberfällen zu nachtschlafender Zeit, wenn der arglose Mann sich in Vertrauen wiegt und das unachtsame Pärchen sich selig in den Armen hält.

Die Paisa und Nelson waren wie Katze und Hund. Keiner gab nach. Nachgeben wäre als Schwäche gedeutet worden, und der Schwächere wäre unter die Räder gekommen. Herausfordernde Blicke, versteinerte Miene. Kein Lächeln, kein Zugeständnis. Nichts, was als freundliche Geste hätte erscheinen können.

Die Paisa hat 'nen heißen Tipp. Juwelenladen, todsicheres Ding, sagte ich zu Nelson. Zur Paisa sagte ich, Nelson hat Interesse an dem heißen Tipp, dem Juwelenladen. Die Paisa sagte, sag dem Jungchen von deinem Bruder, man könnte die Sache zusammen drehen. Zusammen drehen könnte mans schon, entgegnete Nelson, sag deiner Paisafotze, wir sollten mal reden, egal wo. Ist auf die Katze auch Verlass? wollte er wissen. Hat der Macker von deinem Bruder auch genug Saft in den Klöten für so ein Ding? fragte die Paisa unter schallendem Gelächter. Ich hing mittendrin, wie ein Punchingball, der es von zwei Seiten bekam.

Um die Sache zu bereden, trafen wir uns in einer musikberieselten Bar. Sie drehten einander, kaum dass ich sie bekannt gemacht hatte, blicklos und ohne Handschlag den Rücken zu und angelten sich jeder einen Stuhl. Eine Zeitlang hockten sie schweigend vor ihren Biergläsern. Dann redeten sie endlich. Die Paisa erklärte die Anfahrts- und Fluchtwege. Am Vormittag ist viel weniger los, sagte sie, da ist auch kaum Wachpersonal vor Ort. Nelson bat die Paisa um eine Skizze der Straße, um genaue Angaben zu den benachbarten Läden, um eine Einschätzung der Risiken. Die Paisa sagte, sie arbeite ohne Skizzen. Ihr genügten die Informationen, die sie in ihren grauen Zellen gespeichert hätte. Ich bin eine Paisa mit gutem Gedächtnis. Und schon flogen die Funken. Beim Pauker Montalvo hatten wir gelernt, dass ein lückenloser Detailplan des Einsatzortes für die sichere Abwicklung jedes Dings unentbehrlich sei. Händeringend beschwor ich sie, Frieden zu geben. Schließlich kamen sie überein, sich den Ort am nächsten Tag anzusehen.

Langes schwarzes Dekolletékleid, hochhackige Schuhe, schwarze Ledertasche, Lidschatten, knallrote Lippen - eine attraktive Dame der besseren Gesellschaft. In dieser Aufmache gondelte die Paisa zum vereinbarten Zeitpunkt in den Laden rein. Nelson, in ebenso feinen Klamotten, die die Paisa für ihn ausgesucht hatte, folgte ihr wenig später. Ich stand Schmiere vor der Tür. Nach einer Viertelstunde kamen sie wieder raus, gelassen und beruhigt wie nach erfüllter Pflicht. Sie hatten sauber gearbeitet. Keine Gewalt, keine Toten. Eine Vorstellung ganz im Sinne des seligen Don Luis. Sie quasselten wie alte Freunde, die sich schon eine Ewigkeit kannten. Die Paisa lachte in einem fort. Nelson beklatschte und bejubelte jeden ihrer Einfälle. Es war schön, sie so fröhlich zu sehen, so frei vom Gift des Misstrauens. Und die Paisa wollte, dass ichs merkte, sieh mal her, mein liebes Jungchen, schien sie mit jeder Geste zu sagen, guck doch, wie gut ich mit deinem Bruder kann. Und als die Alten mich reinschneien sahen, haben sie mich für ne reiche Lady aus dem Poblado gehalten und geglaubt, das Geschäft ihres Lebens zu machen, prustete sie.

Wir hatten die Beute auf dem Esszimmertisch ausgeschüttet. Die Paisa, professionelle Juwelenkennerin, taxierte jedes Stück. Fünf Millionen in einer Woche würde die Ware bringen. Sie bot sich an, den Kontakt mit den Hehlern herzustellen.

Die Paisa konnte das Lachen nicht mehr abstellen. Sie brüllte, gestikulierte, krümmte sich in einem fort. Der Ladenopa hat sich bepisst, wie ich ihm den Lauf ins Maul gedrückt hab... Die Eier sind ihm in die Kniekehlen geflutscht... Der hat gebibbert wie ein regennasses Vöglein, als er die Vitrinen aufgesperrt hat. Und ich den Finger am Abzug und so ein Kribbeln in der Hand... am liebsten hätt ich ihm das ganze Magazin in sein dreckiges Maul reingepumpt... damit ihm das Blei zum Arsch rausfliegt und die Scheiße bis zur Decke raufspritzt... Ich spürte ne verfickte Lust, mein Killerdebut zu geben. Nelson, hypnotisiert von dem Gegeifer der Paisa, spendete Applaus und hämmerte auf die Tischplatte. Dann sprang er auf, streckte den rechten Zeigefinger aus und tat, als steckte er ihn dem zahnlosen Tattergreis seiner Einbildung in den Mund. Man konnte richtig sehen, wie das Männchen schlackerte, auf die Knie sackte und um Gnade winselte. Jetzt war Nelson es, den das Lachen in seinen Krallen hatte. Er wieherte, bog sich, wand sich, krümmte sich wie unter einem Schüttelkrampf. Es dauerte lange, bis er sich wieder einkriegte und auf seinen Platz zurückwankte.

Dann brachte die Paisa Medellín-Rum, gleich zwei Flaschen, einen Krug Eiswürfel, einen Teller Zitronenscheiben, zwei Tüten Fritten und legte Fruko y sus tesos auf. Sie streute das weiße Pulver auf einen Teller und versenkte ihren Blick in eine Welt verborgener Wünsche. Nelson zog ein Päckchen präparierter Basuco-Stengel raus und reihte sie auf dem Tisch zu einer Karawane abgezehrter Papierwürmer. Wie auf Absprache starteten wir die gemeinsame Reise. Die Paisa spürte dem verirrten Blick nach, Nelson hechelte vor seinen Gespenstern her, und ich wollte die Linie ihrer Hände nachzeichnen, die sich zum Zeichen der Freundschaft aneinanderschmiegten. Jeder in seiner Welt, jeder an sein Schweigen geklammert, jeder vor der Angst fliehend, die Tag und Nacht wie ein Notlicht in uns brannte.

Die Paisa stellt Fruko y sus tesos auf volles Rohr, als wollte sie ihre Traumwelt einfangen, diese Welt hinter Gittern, zertrampelt und vollgespieen von den dunklen Schatten, die in den Menschen hausen. Wilson Saoco singt das Lied vom Häftling, singt es mit zerrissener, mitreißender Stimme, die reinfährt wie der Rhythmus, der die Kälte im leidgedrückten Herzen aufbricht. Hör zu, ich, Wilson Manyoma, rede aus dem Knast zu dir / ... In der Welt in der ich lebe / Sind immer vier Ecken / Und zwischen Ecke und Ecke / Wird immer dasselbe sein / Für mich gibt es keinen Himmel keinen Mond und keine Sterne / Für mich scheint keine Sonne / Für mich ist alles Finsternis. Hurenverfickte Finsternis, die jeden Hoffnungsschimmer raubt, die dir den Mörder mit dem blitzenden Messer schickt, der dich abstechen und deine mit Zeitungspapier umwickelten Gedärme auf die fäulnisdampfende Müllkippe der Stadt werfen wird.

Die Paisa, zugedröhnt, glasiger Blick, streckt die Arme in die Höhe, sucht den Spalt im fliehenden Himmel. Sie entfesselt die Füße, zwirbelt den Körper in die seidene Hülle der Hände. Sie schließt die Lider wie fallende Blätter, schließt die vom Urwaldregen ihrer Schenkel feuchten Lippen. Meine Scheißjungchens, meine Herzensbrüder, lasst die meuchelnde Nacht hinter euch, kommt mit mir und streift ihn ab, den hurenverfickten Rost der Angst, der eure Eier verkrätzt, tanzt mit mir, aber schnürt mich nicht ein. Tanzt, jeder in seinem Rhythmus, hackt die Absätze in die Fliese, erbarmungslos, denn auch mit uns hat niemand Erbarmen. Wir hängen im Fadenkreuz zielsicherer Todesschützen, sind Fleisch für alte, tief kreisende Aasgeier. Wir sind die Scheiße, die an jeder Ecke, aus jedem Winkel von Medallo dampft. Wir sind drei stinkende, halb ausgebrütete Eier, abgelegt von Frauen, die nie Mut und Kraft fanden, ihre Schmerzen und ihr Leid hinauszuschreien. In unterwürfiger Dankbarkeit haben sie, von schwuchteligen Pfaffen angestiftet, der Welt ein Tränengeheul geschenkt. Frauen, deren Leib von Arschlöchern gesegnet wurde, die nicht genug Saft in den Klöten hatten, um die Jungfrau Maria auch nur in der Phantasie zu schwängern. Früh gealterte Frauen, gestopft von einem Schwanz, der bloß seinen dreckigen Rotz abschlagen wollte. Darum hab ich mir in meine Fotze einen Stacheldraht eingenäht. So werde ich nie falsche Hoffnungen in meinem Bauch mästen, nie das Gegreine von so einem elenden Schreihals anhören müssen.

Fortgewirbelt vom Rhythmus ihres Körpers entschwindet die Paisa in unerreichbare Ferne. Nelson scheint auf seiner Fliese festgenagelt. Er bewegt sich zögerlich und ohne Schwung, wie zurückgehalten vom Anblick einer blutverschmierten Grimasse. Ich folge dem Schritt der Paisa. Ohne große Verrenkungen schwinge ich in ihren Rhythmus ein, der sich steigert, alle Ketten sprengt, die Schwerkraft verhöhnt. Frukos Klavier hämmert sich ins Bewusstsein, nebelt es ein auf dem Weg, an dessen Ende das Verderben oder die Rettung wartet. Schwebende, ächzende, kratzende Trompete. Wilson Saocos Klage an eisernen Gitterstäben, Paukenschläge, die das Verlangen erwecken, durch jene alte Straße zu schlendern, die dem Blick der Erinnerung Zuflucht bietet. Ahahayay, schwarz ist die Farbe meines Schicksals / Ahhayay, alle haben mich verlassen / Ahahayay, jede Hoffnung hab ich verloren / Ahahayay, nur mein Klagelied dringt nach außen / Von hier rede ich zu dir, Fruko / Verurteilt zu lebenslänglicher Haft / In dieser Zelle des Grauens / In die keine Stimme keine Liebe dringt / Hier friste ich meine Tage und die Nacht / Hier lebe ich, zehrend von der Erinnerung an meine Mutter.

Und wir tanzen, jeder nach seinem Rhythmus, jeder auf seiner Fliese. Keiner verlässt den Kreis seines Quadrats. Keiner blickt zum anderen. In der madenwimmelnden Fäulnis der zweigeteilten Frucht hat die Welt zu existieren aufgehört. Für die einen alles, für die anderen ein riesiger Berg aus Müll und Scheiße, ausgestellt als Geburtstagskuchen im Schaufenster eines Krämerladens. Die Finger tasten nach der rhythmisch pulsierenden Haut, die sich entzieht. Die Lippen werden feucht, singen von vier Wänden, die sich um das Spinnennetz des Lebens schließen. Nelson und ich fassen uns an den Händen und bilden mit den Armen einen Ring, den wir über den Kopf der Paisa ziehen. Eingekesselt vor unseren Augen soll sie weitertanzen in ihrem Wahnsinnsrhythmus, der die Perversion der Lüsternheiten bloßlegt. Aber die Paisa bricht ihren Tanz ab und blickt sie an, die Kerkermeister, die sie in ein Loch mit vier Wänden voller hungriger Ratten zwingen, schleudert hasserfüllte Blicke in ihr Gesicht. Die Flüche, nicht ausgestoßen, reißen tiefe Wunden. Dann schlüpft sie kurzerhand unter dem Ring durch, nur ein Hauch ihres Körpers bleibt zurück. Dunkelheit sackt auf uns herab.

Die Menge rast, donnert, kreischt, flucht, faustet gegen feuchtmorsche, bröckelnde Wände, die Menge ist betrunken, eingekifft, eingekokst, mit Basuco zugeknallt. Hunderte Kehlen grölen im Chor: Ahahayay einsam und allein bin ich / Nur der Tod wartet auf mich / Mein Los, wann wird es mich erlösen. Triumphale, schöne Paisa mit dem flügelschlagenden Lächeln, den kleinen Brüsten für durstige Lippen, dem langen windzerzausten Haar, verborgene Scheide im struppigen Regenwald, geheime Linie deines schlanken Leibes, braungebrannte Haut, ungestillte Meeressehnsucht. Nackt tanzt die Paisa auf ihrer Fliese, ihrer ureigenen Fliese. Einsam tanzt die Paisa, von Lust durchschwemmt, hochcitsvoller Blick überwacht den Rhythmus, Flüsterlaute und Liebkosungen regnen auf den Körper herab. Eins geworden mit dem Schwung, eins geworden mit dem Schritt, in freiem Flug den Klängen der Musik nachbrausend, Wummern in Herz und Hirn, Regenzauber über dürrer Erde.

Nelson dagegen, nackt, in sich versunken … Er kaut an den Fingernägeln, kaut sich die Triebe aus dem Herzen. Das Gegröle der Menge trägt ihn fort: Ahahayay einsam und allein bin ich / Nur der Tod wartet auf mich / Mein Los, wann wird es mich erlösen. Stocksteif bemüht er sich im Vibrato der Paisa zu schwingen. Und die Paisa lässt ihre Finger spielen, züngelnde, meinen Bruder lockende Schlangen, spannt hinter den Lippen ein Netz des Lächelns, das meinen Bruder umstrickt. Und den zieht es in triebhafter Blindheit durch die rasende Menge, durch das höllische Geschmetter der Musik, dem Podest entgegen. Die Paisa hält ihn gefangen in ihrem Blick, sie sieht, wie er verzweifelt mit den Armen durch die Menge rudert, das Holz des Podests zum Greifen nah. Und der Rhythmus ihrer Füße lässt nicht nach, ihre Zunge, Zunge einer Giftnatter, leckt anzüglich über die Lippen. Mein Bruder bohrt seinen Blick in die Mitte ihres schlanken Körpers, wo der regenfeuchte, verschlungene Urwald mit den überwucherten Pforten und Tiefen wartet. Schlagartig bricht das Geschmetter ab, Totenstille brüllt aus Hunderten von Kehlen. Der Haufen schiebt sich auseinander, ein riesiger sich auflösender, in der Dunkelheit von Medellín zerflatternder Schatten. Nelson nackt und selbstversunken auf dem Podest, an seinen Fingernägeln kauend, an seiner Einsamkeit nagend. Sein Kopf ein Kerker von Fragen und Zweifeln. Die Paisa entschwunden, verschwunden mit ihrer Nacktheit, fortgerissen vom Wirbelwind ihrer Füße. Nelson, jetzt kniend, schlägt voller Hass und Verzweiflung mit seinen Fäusten auf das Holz. Eine Tränenbrut, ausgesetzt an irgendeiner Ecke irgendeiner abfall- und unratverseuchten Straße Medellíns, der Stadt des Misstrauens und des allgegenwärtigen Todes. Als ich aufwachte, fand ich uns alle drei angekleidet und mit Schuhen im Bett liegend. Die Paisa lag in der Mitte, an Nelsons Rücken geschmiegt, und schlief einen tiefen Schlaf. Auch mein Bruder schlief, bis zum Nachmittag des darauffolgenden Tages.

Nelson wollte seine eigene Bande gründen. Er war richtig besessen von der Idee und genierte sich kein bisschen, wenn er von seinen Chefqualitäten daherflunkerte. Wir beschlossen, Braulio zu suchen, um ihm die Sache schmackhaft zu machen. Der macht mit, sag ich dir, sagte er, da nehm ich Gift drauf. Ich nickte.

Mein Bruder hatte Informationen über ein geheimes Waffenlager der Guerilla M-19 . Der Kerl, der ihm den Tipp gegeben hatte, sollte demnächst weitere Informationen liefern. Nelson war ganz kribbelig. Von den Waffen stoßen wir einen Teil ab, den Rest behalten wir. Wird ein Bombengeschäft... Vorher aber müssen wir den Pastusito finden. Der Junge war seit dem Tod von Don Luis wie vom Erdboden verschwunden.

Nelson wollte die Paisa in unserer Bande haben. Die Type hat Stil und Mumm, sagte er. Das Misstrauen war endgültig aus der Welt. Der Paisa gefiel die Idee. Dein Bruder ist schwer in Ordnung, sagte sie, ein richtig guter Kumpel ist der für mich geworden. Sie meinte es ehrlich. Aber jetzt war ich es, der Zweifel kriegte. Nach den ersten Dingern, die wir zusammen gedreht hatten, fühlte ich mich nicht ganz wohl in meiner Haut. Klar war immer alles wie am Schnürchen gelaufen, die Anfahrt, die Sicherung der Beute, der Rückzug, alles wie geplant. Aber mit der Hierarchie klappte es nicht, wer die Befehle gab und so. Wenn zum Beispiel Nelson einen Plan aushekte, dann war die Paisa dagegen oder stellte sich taub. Oder wenn mein Bruder seinen Plan zum hundertsten Mal erklärt hatte, zog sie den ihren aus dem Ärmel, und zwischen diesen befehlsgeilen Arschlöchern, die am liebsten auch noch ihre hurenverdammte Mutter rumkommandiert hätten, entbrannte eine wilde Debatte. Und ich musste Feuerwehr spielen und die Streithähne trennen.

Der Typ, der uns weitere Informationen über das Waffenversteck bringen sollte, tauchte nicht auf. Nelson wurde nervös. Er saß den ganzen Tag in seinem Zimmer herum und wartete. Braulio und den Pastusito hatten wir bereits aufgestöbert.

Die Paisa, stets zum Feiern und Verarschen der Leute bereit, versuchte Nelson bei Laune zu halten. Hör mal zu, Jungchen. Ich schlag dir nen Nachtbummel vor, damit du keine Hämorrhoiden kriegst von dieser bekackten Warterei. Nelson, in seinem Gedankenknäuel verstrickt, schien nicht zuzuhören. Von ihren nächtlichen Ausflügen hatte mir die Paisa nie erzählt. Wie immer zerstreute sie meine Bedenken mit der unwiderstehlichen Magie ihrer Worte. In der Nacht, da gibt es viele Taschen, sagte sie, viele Hälse, Handgelenke und Finger. Und die Taschen, Hälse, Handgelenke und Finger tragen Geld und tragen Geschmeide. Und dieses Geld und dieses Geschmeide gehören nicht ihren Besitzern - uns soll es gehören! Ganz fickrig war sie, das nächtliche Medellín zu durchkämmen. Ein Heidenspaß, sag ich euch, das reinste Vergnügen, sagte sie immer wieder und klatschte in die Hände. Nelson war einverstanden. Das Gesicht der Paisa erhellte sich, ein fahler Lichtschein huschte über ihre Miene. Sie lachte auf.

Die Paisa war ein wandelndes Branchenverzeichnis. Jeden Drogenschuppen, jede Absteige, jedes Hurengässchen der Stadt vermochte sie auf Anhieb aus dem Gedächtnis abzurufen und bis ins unbedeutendste Detail zu beschreiben. Da konnte einem echt die Kinnlade wegklappen, wenn man ihr zuhörte. Die Stadt ist für mich ein offenes Buch, Jungchen, ich hab sie ... Griff, wie ne flügellahme ... Ich verstand nur Wortfetzen im röhrenden Gebrumme des Motorrads. Die Paisa lenkte. Sie beherrschte das Spiel mit der Geschwindigkeit, drosselte, steigerte, dosierte das Tempo nach Belieben. Die Arme in Affenmanier um sie geklammert, hockte ich auf dem Rücksitz. Ein Stück dahinter Nelson auf seiner Maschine, Kopf und Kragen riskierend, um das Hinterrad der Windsbraut nicht aus den Augen zu verlieren. Sein Beifahrer war Braulio, tierisch ernst wie immer, den Killerfinger parat, falls es brenzlig werden sollte.

Die Paisa hielt an und machte mit dem kleinen Finger der erhobenen Hand das Zeichen des Kreises in die Luft. Nelson verstand. Dann düste sie die Steigung hoch. Unter uns tauchte die Stadt auf. Myriaden von Glühwürmchen glitzerten durch die Dunkelheit, die sich wie ein Riegel vor die Türen der Häuser geschoben hatte. Die Kühle der Nacht befreite das Herz von bösen Vorahnungen. Drei Autos hatten sich in die Einsamkeit der Aussichtswarte gekeilt. Darin Liebespärchen, die um die Wette keuchten, sich überstöhnten, mit lustgefesselten Körpern dem ersehnten Ufer entgegenschaukelten. Nelsons Maschine surrte an uns heran, Braulio war als Wachposten an der Einfahrt zurückgeblieben. Dann ging jeder auf seinen Wagen zu. Diskret tippten wir mit den Waffen an die Scheiben.

Der Lustschrei blieb ihnen in der Kehle stecken. Den Männchen kippten die Schwänze runter, ihre Klöten fingen an wie Wackelpudding zu schlottern; die Weibchen schlugen die Pfoten vor die Mösen und kreischten wie in die Enge getriebene Ratten. Wir ließen sie aussteigen. Mit erhobener Linken und die Hosen raufziehender Rechten krochen die Macker aus dem Wagen. Die Püppchen klammerten sich an ihre lumpigen Taschen und ließen ihre Slips auf den Kissen liegen. Den Fick hatten wir ihnen ordentlich vermasselt. Nehmt euch alles, was ihr wollt, aber bitte tut uns nichts, flehte ein Dicker. Die Paisa wirbelte herum: Wer hat dem Scheißkerl gesagt, dass er sein dreckiges Maul aufmachen soll? Sie bohrte ihm den Lauf zwischen die Augen. Nelson befahl ihr, die Pistole runterzunehmen. Sie tats, aber schon im nächsten Moment hatte sie die Knarre wieder zwischen den Augenbrauen des Dicken.

Bitte nicht schießen, stammelte der Typ. Das machte die Paisa noch fuchtiger: Noch einen Pieps, du Tripperschwanz, und ich blas dir das Magazin in die Rübe! Der Mann ging auf die Knie, der Kniestoß der Paisa mitten in sein Gesicht. Er fiel rücklings zu Boden.

Keine Gewalt, hab ich gesagt, fauchte Nelson die Paisa an. Sie beherrschte sich, biss sich die Lippen blutig, schluckte. Dann spuckte sie aus. Glaubt dieser Wichser etwa, dass er der Boss ist? presste sie zwischen den Zähnen hervor. In ihrem Blick lag geballter Hass.

Die Frauchen waren ganz kirre und fuhren brav die Pfoten aus. Ich streifte die schönen Ringe ab, holte die Ketten von ihren Hälsen und nahm dicke Brieftaschen, Kreditkarten und persönliche Dokumente entgegen, die aus den Gesäßtaschen zum Vorschein kamen. Die Paisa brabbelte üble Flüche, von den Männern und Frauen war kein Muckser zu hören. Braulio leerte die Handtaschen, die in den Autos lagen, zog die Wagenschlüssel ab und steckte sie ein. Nelson befahl den Männern, die Hosen bis auf Kniehöhe runterzulassen. Sie gehorchten. Dann befahl er Braulio aufzusitzen, und Braulio schwang sich sofort aufs Motorrad. Komm, fahr los, sagte er zur Paisa. Und vergiss Ramón nicht. Aber die Paisa war auf einer anderen Welle. Nelson warf die Maschine an. Die Paisa tat, als wenn sie zum Motorrad zurückginge, aber plötzlich machte sie kehrt und richtete die Pistole auf den Dicken. Dreh dich um, Tripperschwanz, und jetzt hüpf mal wie ein Känguruh … Der Mann versuchte zu hüpfen, verhaspelte sich aber mit den Hosen und fiel hin. Nelson war schon losgedonnert, der Lärm seiner Maschine stand wie eine Säule in der Luft. Da klinkte die Paisa völlig aus, ballerte scharf vor die Beine des Mannes, der sich aufrappelte und weiterzuhopsen versuchte. Der Mann hopste um sein Leben, es war wie ein Sackhüpfen mit dem Tod. Dann hob die Paisa die Pistole und feuerte ihm eine gestrichene Ladung in die Schenkel, der arme Hund jaulte auf, knickte ein, riss die Arme hoch.

Als die Paisa anfing, das Spielchen mit einer der Frauen fortzusetzen, fuhr ich dazwischen. Du schmeißt dich jetzt aufs Motorrad und wir fahren los… oder ich puste dir das Hirn raus… Der Lauf meiner Knarre zielte genau auf ihren Kopf. Ihre Verblüffung war groß. Sie guckte mich an und mimte die Unschuldige. Ist ein Scherz, wie? fragte sie. Ist kein Scherz, du Miststück, ich meins ernst… Dass auch mir Galle ins Blut steigen konnte, überraschte sie. Meine Entschlossenheit bewirkte, dass sie die Knarre herunternahm. Na gut, dann fahren wir halt.

Die Paisa warf die Maschine an, ließ den Motor aufheulen, drehte eine Runde um die angststarren Autoficker. Sie fixierte sie mit aufgestautem Hass, spuckte in die Luft und verabschiedete sich mit einem Ciao, ihr vertripperten Hurensöhne… In dem Moment hörte ich Nelsons Maschine aufdröhnen und gleich danach die Sirene einer Polizeistreife, gefolgt von Schüssen. Schnell, die brauchen Hilfe, schrie ich. Die Paisa wandte kurz den Kopf und meinte: Der Macker von deinem Bruder weiß sich zu helfen …

Wir fanden Nelson in der Pension. Er saß auf dem Bett und starrte an die Wand. Er war unerreichbar. Seine Gedanken schweiften in jenseitige Gefilde, und in seinem Ausdruck lag eine Traurigkeit, als hätte er die letzten Taue gekappt, die ihn an das Leben banden. Er sagte kein Wort, schenkte mir keinen Blick. Ich wollte ihn zurückholen und legte die Arme um seinen schweißbedeckten Körper. Schlaf, sagte ich, vergiss. Er wolle nicht schlafen, erwiderte er, ungeweinte Tränen im Blick. Aus einem bösen Vorgefühl heraus vermied ich es, die Frage zu stellen, die mir wie eine Fischgräte im Hals steckte. Auch Nelson wollte nicht, dass ich die Frage stellte. So spielten wir das Schweigespiel eine Zeitlang weiter, schwiegen uns über das Entsetzliche hinweg. Die Nachricht traf mich dennoch mit unverminderter Wucht. Braulio ist tot, entfuhr es Nelson schließlich. Sie haben ihn abgeknallt. Es sei eine wilde Schießerei gewesen. Als er die Streife im Rückspiegel erblickte, sei er sofort von der Hauptstraße runter. Er geriet in eine Sackgasse, entkam um Haaresbreite durch ein Seitengässchen. Braulio hätte die Verfolger unter Feuer genommen. Zwei Magazine hätte er verschossen. Gib Gas, waren die letzten Worte, die er zu Nelson sagte, ich halt uns die Schweine vom Leib. Und in der Tat - sie schafften es, die Bullen abzuhängen. Das Echo der Sirene verlor sich im Morgengrauen.

Als er sich außer Gefahr wusste, hielt Nelson auf offener Straße an und tätschelte Braulio den Rücken. Wach auf, Mann, die Luft ist rein, sagte er. Aber Braulio reagierte nicht. Sein Kopf ruhte auf Nelsons Schulter. Nelson versuchte, Braulios Hände zu entknoten, die seine Brust fest umschlungen hielten. Als es ihm gelang, sackte der Körper vom Motorrad. Er war voller Blut. Nelson schleifte ihn an den Straßengraben. Und am Straßenrand ließ er ihn liegen.

Endlich tauchte der Mann mit der Information über das Waffenversteck auf. Er erklärte uns die letzten Einzelheiten und meinte nur, baut keinen Scheiß, sonst bin ich dran. Die Jungs, die die Waffen kaufen wollen, warten schon. Okay, sagte Nelson, der das Heft in der Hand zu haben glaubte. Und kein Wort zu dieser Fotze von Paisa, warnte er mich mit aller Deutlichkeit. Diese Hündin hat auf dieser Baustelle nichts verloren. Ich kaute an meinem Schweigen. Nelson hatte recht, wenn er der unbeherrschten Paisa misstraute. Aber klar: Sie hatte bereits Wind bekommen von der Sache. Würde ich für mehrere Tage von der Bildfläche verschwinden, würde sie sicher annehmen, dass ich mit Nelson das Waffending drehte.

Eine Woche lang gingen wir mit dem Schwätzer vom M-19 Punkt für Punkt durch. Das Arsenal befand sich zwei Kilometer außerhalb der Stadt, auf einem der Hügel. Es umfasste drei M-60-Gewehre, mehrere Galil-Sturmgewehre, Pistolen, Granaten und jede Menge Munition. Wir würden am Dienstag zuschlagen, wenn die Guerilleros auf Patrouille wären. Und richtig: Als wir am Dienstag anrückten, lag der Ort einsam und verlassen. Die Burschen patrouillierten in einem Dorf nahe der Stadt. Wir holten die Schusswaffen, Munition und zwanzig Handgranaten raus, luden sie in einen klapprigen Renault 4 und fuhren los. In einer Garage übernahm der Informant die Fracht. Dann wurde der Treffpunkt vereinbart, wo Nelson in acht Tagen seinen Anteil bekommen sollte. Er vertraute dem Typen, der seine Kumpel verriet.

Ich geh zu meinem Bruder, sagte ich eine Woche später zur Paisa. Ach ja? Braucht mein Kleiner die Nestwärme seines räudigen Brüderchens? ätzte die Schlange. Hör auf, ständig gegen meinen Bruder zu lästern, gab ich zurück. Aber die Paisa durchschaute mich. Obwohl ich geschwiegen hatte, schien sie Bescheid zu wissen. Kein Wunder, sie hatte ihre Antennen in der ganzen Stadt. Dann schmiegte sie sich wie eine läufige Katze an mich, schlang die Arme um meinen Hals und flüsterte: Komm, Liebling, lass uns ins Bett gehen. Ich mach dich deine Brudersehnsucht vergessen. Aber ich blieb standhaft. Nein, Süße, antwortete ich, ich ruf dich am Abend an. Sie hielt mich nicht zurück. Du verfickst dich aus meinem Bett, du verfickst dich aus meinem Leben, waren ihre Worte. Ich sagte nichts und ging. Hinter mir knallte die Tür ins Schloss, dass es mir eiskalt den Rücken runterlief.

Wir standen an einer Ecke in Medellín-Zentrum, einen halben Block von der Pension, in die wir übersiedelt waren. Innerhalb einer Woche hatten wir dreimal die Bleibe gewechselt. Der Waffenschieber tauchte nicht auf und gab auch kein Lebenszeichen. An diesem Nachmittag lief die zweite Frist ab. An der Ecke gab es einen Schuppen, wo sie Marihuana verkauften. Ramonchen Schrott, sagte Nelson, mir ist nach 'nem Trip. Okay, sagte ich, ich geh rein und hol Stoff ... Wart in der Pension auf mich. Aber sieh dich vor. Und mach keinen Stunk. Nelson wollte ausbrechen. Ausbrechen aus dem Wartesaal und dem Misstrauen, in dem er rotierte. Er verdächtigte die ganze Welt, die Paisa, den Pastusito, den Informanten, alle. Nur mich, seinen Leibschatten, verdächtigte er nicht.

Ich geh also in den Laden rein, sag Tag, Señora Gloria! und hör auf einmal ein Bleigewitter, das einen Toten aus dem Schlaf geschreckt hätte. Zwei Uzi-Salven. Ich aus dem Schuppen raus, Böses ahnend, vor bis zur Ecke, wo die Leute zusammenlaufen. Ich dränge mich durch die Menschentraube und seh meinen Bruder am Boden liegen, Pistole in der Hand, drei Einschüsse im Kopf, Augen weit aufgerissen, als wenn er in einen Himmel voller Ratten starrte. Ich guck ihn an und sag, Nelson, sag ich, hörst du mich? Wach auf, Brüderchen, stell dich nicht schlafend. Steh auf und lass uns gehen, sag ich. Ich löse die Pistole aus seiner Rechten, hebe seinen Kopf an und presse ihn an mich. Weißt du noch, wie wir die Schule schwänzten, flüstere ich ihm ins Ohr, du immer vorneweg und ich hinten nach, flüstere ich, hast dich totgelacht, warst voller Schabernack, wolltest Flipper spielen, wolltest Fußball spielen, dich mit den Jungs prügeln, bis du ne blutende Nase und zerschrammte Fingerknöchel hattest. Nelson, Bruder, sag ich, sag doch was, lass mich nicht hängen, komm zurück und hak dich ein, lass uns ins Kino gehn, sag ich, lass uns in den Park gehn, sag ich. Rühr dich, bitte, rühr dich. Schau, wie das Meer erwacht, das grüne, blaue Meer mit seinem Himmel, der von Vögeln überschwemmt ist, frei fliegen sie, so frei wie wir in unserem Traum am Strand von Cartagena, als wir die Sandschlösser bauten. Das Meer holt uns, sag ich, dieses Meer, das wir aus dem Hochland von Bogotá nie sehen konnten, es flüstert uns Worte zu, ruft uns mit leiser Stimme, sieht uns an mit tausenden von Blicken. Aber mein Bruder schweigt. Scheißleben, hurenverficktes Leben! Bruderstrolch, Blut meines Blutes, dessen Stimme mich verfolgt wie das unabstellbare Geheul einer Sirene. Ich ersticke, eine Hand umklammert meinen Hals, sie will mich erwürgen. Soll ich mit dir gehen, Bruder, wie ich auf deinen Streifzügen durch unser Viertel mitgegangen bin? Lass mich nicht allein. Ich will bei dir sein, bei deinem Schatten, lass mich ertrinken in deinem Blut, meinem Blut. Dein Tod ist mein Tod. Zerrissen der Traum, ein Leben lang an deiner Seite zu gehen. Ich löste mich von dem noch warmen, zuckenden Körper und ließ die Polizei machen, was die Schwuchteln eben so tun.

EPILOG

Sein Anruf überraschte mich zu vorgerückter Stunde. Er schlug mir ein neuerliches Treffen vor. Die Stimme klang aufgelöst, stockend und abgehackt kamen die Worte. Ob mit seiner Familie etwas nicht in Ordnung sei, fragte ich. «Meine Familie ist wohlauf», antwortete er. «Nur mir gehts erzbeschissen. Hat sich festgekrallt in meinem Hirn, die Bestie. Die Alpträume lassen mich nicht schlafen. Ich will sie loswerden.» Ich schlug ihm vor, am nächsten Tag um drei Uhr nachmittags zu mir zu kommen. Und er kam. Er war sehr erregt und ließ sich gleich in die Hängematte fallen. «Heute können Sie mir einen Kuba-Rum mit Eis und Zitrone geben», sagte er, ohne meine Frage abzuwarten. Als ich ihm das Glas reichte, stürzte er es in einem Zug hinunter. Ich schenkte ihm wieder ein, und jetzt trank er schluckweise, mit nachdenklicher Miene. Dann sagte er: «Die Erinnerungen sind zwar aus dem Gedächtnis, aber ich hab es nicht geschafft, sie unter zehn Tonnen Erde zu begraben. Die Bestie, die sich in meinem Hirn festgekrallt hat, lässt mich nicht...»

Mit dem rechten Fuß gab er der Hängematte einen Stoß, so fest, dass sie hoch ausschwang und ihn beinahe auf den Holzboden beförderte. Sogleich dämpfte er seine Impulse und pendelte in ein sanftes Schaukeln ein. «Die Erinnerungen», sagte er mit ruhigen Worten, «lassen sich nicht wie Kakerlakengeschmeiß niedertreten und zertrampeln ... Die aufgestachelten Kakerlaken kriechen dir die Beine hoch und suchen Zuflucht in allen Löchern deines Körpers. Dann hast du sie im Schädel, in den Augenhöhlen, im Mund, überall, und sie denken, schauen, spucken für dich. Ich laufe weg vor ihnen, aber sie kauern wie ein Schatten an jeder Straßenecke. Die Erinnerungen zerfressen mich wie hungrige Würmer, jede Nacht, jede Stunde... Sie tippen mir auf die Schulter, wenn ich mit meiner Frau die Liebe mache, sie sagen, da sind wir, Ramón Schrott, du wolltest mit uns reden. Sie nisten in allen Winkeln meines Daseins, grinsen mich mit meinen Zähnen an, lachen mein Lachen...»

Er machte den Eindruck eines verwirrten, von vielen ungeklärten Fragen zermarterten Menschen, eines mit seinen Fragen Alleingelassenen, der sich außerstande sieht, Licht in das Dunkel zu bringen. «Ich schleppe so viele Rätsel mit mir rum», sagte er. «Mir ist noch immer nicht klar, wer Nelson ermorden ließ. Die Guerilla, aus Rache für den Waffenklau? Die Waffenkäufer, weil der Schwätzer vom M-19 auch sie reingelegt hat? Oder hat der Schwätzer selber das Killertrio geschickt, das zwei Tage später übrigens auch den Pastusito umgelegt hat, um Nelsons Anteil einzustecken? Wieso hat die Paisa mich in einen Hinterhalt gelockt, der mir um ein Haar das Leben gekostet hätte? Ob sie die Messerstiche überlebt hat, die ich ihr versetzt habe? Manchmal hör ich ihr Lustgestöhn aus den Nächten, wo ich in ihr drinnen war. Manchmal spür ich die Klinge ihres Messers, wie sie mit einem Kreuz die Stelle über meinem Herzen markiert. Ich versteh es nicht. Ich treibe durch einen Fluss, der von Scheiße durchstrudelt ist, einen Fluss, der in den Schlummer vieler Menschen strömt, die mit der Ruhe großer Fische schlafen... So wie ich als Kind die Hängetitten meiner Mutter aussaugte, so saugt jetzt die Ungewissheit alle meine Lebenslust in sich hinein ...» Er lachte gequält. Dann erhob er sich aus der Hängematte und umarmte mich mit der Inbrunst eines aufgewühlten

Menschen. «Ich lasse Sie allein mit meinen Fragen», *flüsterte er an meinem Ohr*, *«geben Sie mir Bescheid, wenn es Ihnen gelingt, sie zu lösen ...»*

Drei Tage später ging es zurück nach Bogotá. Nelsons Leiche reiste im Holzsarg mit. Das pralle Leben hatte aus seinen schelmischen Augen geblitzt, als wir nach Medallo gekommen waren, und Träume hatte er so viele gehabt, wie Stufen auf der riesigen Leiter sind, die in den Himmel ragt. Einen Himmel, den wir uns regengrau, stürmisch, nächtlich sanft vorstellten. Wir hatten beide nach dem Leben gegiert, das wir für uns träumten. Jetzt hatte der unfehlbare Tod seine Träume durchlöchert, und die Reise ging rückwärts, rücklings. Die Landstraße, das Gebirge, der Urwald ... Orte, um Nelsons Körper auszusäen.

Ich dachte an den Penner Palogrande, den lebensverbissenen Wanderer, den Kilometerfresser, den Landschaftserfinder, den Spielchenerfinder auf einsamen Straßen. Sein Sonnenblumenlächeln ähnlich dem Lächeln meines Bruders. Der Penner Palogrande, kohlrabenschwarz, von Kälte und Sonne verbrannt, langes Haar, abstehende Strähnchen, scheue Dicknase, aber wild wie eine Hornisse. Im Wagen, den Sarg umklammernd, rief ich seinen Namen, damit er mir zu Hilfe käme, durch jede Straße der Welt wäre ich mit ihm gelaufen, um es aufgeregt aus seinem Mund zu hören: Ramón Schrott, Schwuchtel, es ist nicht mehr weit bis zu den Luftspiegelungen. Such dir dein Spiegelchen und stell dir vor, was du sehen willst. Dann hopste ich los mit Himmel-und-Hölle-Sprüngen, ich schloss die Augen, und als ich an die Stelle mit den Spiegelungen kam, bat ich meine Einbildungskraft, mich sehen zu lassen, was ich am meisten in der Welt sehen wollte: das komplizenhafte Bruderlächeln auf Nelsons Lippen.

Im Wagen kam die Erinnerung zurück. Ich hatte es nicht ausgehalten, bei den Formalitäten zur Freigabe von Nelsons Leiche dabei zu bleiben. Ich lief zur Paisa. Als sie die Wohnungstür aufmachte, brachte ich nur ein Gestammel heraus. Ich hau ab, Paisa, ich verpisse mich aus Medallo. Ich drückte sie fester denn je in die Arme und wünschte mir so sehr, dass ihre Trostworte meinem Bruder das Leben zurückbrächten. Haben sie den Kumpel Nelson echt umgebracht? Ja, umgebracht haben sie ihn. Ich weiß nicht, aber … ich hatte ein ungutes Vorgefühl, sagte die Paisa und verstummte. Sie schwieg wie ein Grab. Wir gingen umarmt ins Wohnzimmer und setzten uns umarmt auf den Teppich. Sie sagte kein Wort, und auch ich wollte meine Stimme nicht hören. Nur unser Atem in der Stille, sonst nichts. Auch ich fühlte den endgültigen Abschied von der Paisa voraus. Sie löste sich aus meinen Armen, stand auf und flüsterte, ich bin gleich wieder da. Auf leisen Sohlen verließ sie das Wohnzimmer. Sie kam mit Streichhölzern zurück und zündete ringsum bunte Kerzen an, wobei sie mit gemessenen Schritten von einer zur nächsten wandelte. Totenwache eines Liebespaares, Kerzenflämmchen, die eine endgültige Flucht begleiteten.

Zärtlich und liebevoll tröstete sie mich bis zum Morgengrauen. Dann aber, als ob der Teufel in sie gefahren wäre, sprang sie auf, sah mich an wie einen Fremden und würgte es raus: Damit du's weißt, Jungchen: an dem Tag, wo du Medallo verlässt, lass ich dich umlegen … Da packte mich die Wut. Ich zog den Ruger und sagte: Da nimm, Paisa, leg mich um, jetzt gleich und von vorn … Du Scheißwichser, glaubste etwa, dass ich dafür deine Waffe brauche? Sie machte eine verächtliche Gebärde und spuckte mir vor die Füße. Das musste ich mir nicht bieten lassen. Ich rappelte mich hoch und verschwand aus der Wohnung dieser Furie.

Am Vormittag rief ich den Chef an, der Don Luis' Stelle übernommen hatte, und erzählte ihm, was passiert war. Du musst untertauchen, sagte er, du darfst dich denen nicht ans Messer liefern. Er regelte die Sache mit der Leichenhalle. Dann sagte ich ihm, dass ich nach Bogotá zurückgehen, dass ich endgültig verschwinden würde. Nein, Junge, dein Platz ist hier, meinte er trocken. Ich geh mit meinem toten Bruder nach Bogotá zurück. Meine Entscheidung steht fest. Ich war voller Hass und konnte keinen klaren Gedanken fassen. Er sah, wie erbittert ich war. Darum rückte er auch das Geld raus. Die Reise, den Wagen samt Chauffeur, den Sarg für Nelson... er bezahlte alles.

Unterwegs dachte ich an meine Familie. Meine Familie ist das einzige, was mir noch bleibt, dachte ich, meine Familie ist mein Blut. Ich hoffte, sie würden noch in Las Colinas wohnen, obwohl ich keine Adresse hatte. Aber irgendwie fand ich auf Anhieb meine Großmutter. Sie erkannte mich nicht, so sehr hatte ich mich verändert. Neun war ich, als ich von zu Hause fort bin, und jetzt war ich dreizehn und hatte eine Menge hinter mir. Ich bin Ramón, sagte ich, wir waren in Medellín ... Nelson ist tot. Von der Türschwelle aus sah sie den Wagen. Mit gebrochener Stimme sagte sie, dass mein Vater, meine Mama und meine Brüder weggezogen seien. Sie wohnten jetzt auf einem der Hügel. Bring mich hin, Großmutter, sagte ich. Wir stiegen ein und fuhren los. Nach Ciudad Bolívar. Kaum hatte meine Alte mich gesehen, lief sie auf mich zu und drückte mich mit aller Kraft an sich. Sie hatte mich auf den ersten Blick erkannt. Als sie dann den Wagen sah, wollte ihr das Herz aus dem Leib springen. Sie schrie und heulte, wie wenn sie den Verstand verloren hätte. Sie stellte keine Fragen, sie hatte begriffen, was wir geworden waren. Am nächsten Tag begruben wir ihn.

In Bogotá raubte ich weiter. Ich hatte zwei Knarren und brauchte Kohle. Mein Aktionsgebiet war das Zentrum. An einem Tag verdiente ich eine halbe Million. In Ciudad Bolívar trieb ich mich mit einem anderen Jungen rum, El Cagao hieß er, später ist er zur Polizei gegangen. Er verstand was von Knarren. Komm mit, Bruder, sagte er, ich weiß ein Ding, das ist kinderleicht. Es war ein Wagen, wo sie Schokoladetäfelchen verkauften, wir bedrohten die zwei Männer mit der Pistole und nahmen ihnen die Kohle weg, die sie gerade einstecken wollten.

Zwei Monate ging das so. Bis mich eines Tages meine Mama zu sich rief und mir unter Tränen ihr Mutterschicksal klagte. Wie ich mir das denn vorstellte? Ob ich auch so enden wollte wie Nelson? Wozu sei ich denn überhaupt weg aus Medellín, wenn ich im selben Trott weitermachte? Weißt du was, Mami. Lass uns Frieden schließen. Ich holte die zwei Knarren und drückte sie ihr in die Hände. Mach damit, was du willst, verkauf sie, schlag sie kaputt. Ich versprach ihr radikale Besserung. Sie führte mich in eine Kirche, wo ich beichtete. Ich erleichterte mein Gewissen und begrub all den Hass und Groll der letzten Zeit. Mein Alter beschaffte mir Arbeit in einem Krankenhaus, und ich fing an, mir mein Brot mit redlicher Arbeit zu verdienen.

Dann, nach etwa acht Monaten, kam der hurenverfickte Anruf. Es war die Paisa. Woher sie meine Telefonnummer hätte, fragte ich. Hab ich bei dir zu Hause gekriegt, sagte sie. Wieso rufst du an? Hab dich längst vergessen. Mensch, Jungchen, sei nicht so nachtragend! Komm nach Medallo, ich brauch dich. Ich hab ein Ding, das müssen wir zusammen schaukeln. Was ist es? Schaut viel dabei raus und ist ein Kinderspiel. Mehr verrat ich nicht. Los, komm!

An einem Abend komm ich in Medellín an. Ich geh in eine Pension, mach einen großen Bogen um die Paisa, weil ich ihr Gelaber, ihr Gesäusel nicht hören will. Tags darauf würde ich sie sowieso in einer Taverne treffen. Wie ich in das Lokal reingehe, schieben zwei Jungs an mir vorbei dem Ausgang zu. Aus den Augenwinkeln sehe ich, wie sie an ihren Hosenbund langen und sich umdrehen. Ich, nicht mal ein Messerchen dabei, schmeiß mich auf den Boden, und schon ballern die Kerle los. Irgendwie schaff ichs bis zum Hinterausgang, entkomme ins Freie und verschwinde zwischen den Autos. Ein Loch im Jackett, aber kein Kratzer am Fleisch. Ich hatte Schwein gehabt.

Ich wusste, wo die Paisa steckte. Ich kaufte mir im Zentrum einen Springer, die falsche Sau stech ich ab, sagte ich mir. Dann rief ich sie an. Was waren das für Jungs, die mich abmurksen wollten, hechelte ich in die Leitung. Weiß ich nicht. Kenn ich nicht. Wie ich zehn Minuten später reinkam, haben sie mir von der Schießerei erzählt. So? Ich dachte, du kennst die. Na gut, Süße, dann bis heut abend. Okay, hier bei mir in der Pension.

Binnen Sekunden hatten wir uns aus den Klamotten gepellt und uns ins Meer der lang entbehrten Zärtlichkeiten gestürzt. Wir machten es einmal und viele Male. Wir schwitzten wie die Affen, erschlafften im Gehechel der Umarmungen. Ich würde sie nie mehr verlassen, flüsterte ich, ich schwörs dir, für immer würde ich bei ihr in Medallo bleiben. Ihre Augen funkelten vor Freude, sie knutschte meinen ganzen Körper ab. Sie servierte mir einen Drink nach dem anderen und steckte sich mit jedem Stummel die nächste Zigarette an. Sie war unruhig, aber zugleich glücklich über meine Gegenwart. Ich ließ mir meine Absichten nicht anmerken. Ich überspielte meine

Gefühle mit einem komplizenhaften Lächeln.

Müde von der Liebe suchten wir Ruhe. Und dann zerschnitt ich die heuchlerische Stille, die wir um uns gelegt hatten. Du selber hast sie geschickt, die Jungs, die mich kaltmachen sollten, Paisa, sagte ich. Verstell dich nicht. Du bist eine Trippermetze, du taugst nix für dieses hurenverfickte Leben, Paisa. Einem Mann wie mir bist du ein Dorn im Auge… Ich drückte ihr die Klinge des Springers an den Hals. Ramón, bitte nicht … flehte sie. Dann sing, sagte ich. Die Männer, sagte sie, die Nelson und den Pastusito umgebracht haben, die haben mich erpresst… Wenn du ihn uns nicht herschaffst, kannste dein Testament machen, haben sie gedroht… Der Kellner sollte dir ein Zeichen geben, damit du verduften konntest… Lass uns fortgehen von hier, mein Schmusejungchen. Ich ließ mich nicht belabern. Ich fixierte nur ihre hurenverfickten Augen und sah darin den Todesblick der Tarantel. Langsam krabbelte das scheußliche Vieh über den dünnen Stock auf meine Augen zu. Die Paisa ging auf die Knie und faltete die Hände wie zum Gebet. Sie winselte um ihr Leben, durch dick und dünn, versprach sie, wolle sie mit mir gehen. Wie schwarze Kletterpflanzen krochen die langen samtenen Beine der Tarantel aus den schreckgeweiteten Augen der Paisa. Ich wollte mich dem schauderhaften Biest kein zweites Mal gegenübersehen. Ihr schriller Schrei machte dem Ganzen ein Ende. Ich ließ ihr keine Zeit zur Gegenwehr. Blind vor Wut sah ich ihren nackten Körper nicht, nicht ihre schönen Brüste, nicht den Hügel mit dem dichten Urwald. Ich sah ihre Augen nicht, die um Gnade für ihr Tripperleben flehten, diese Augen, die gnadenlos mit meinem Leben gewesen waren. Ich sah, wie sie hinter den beiden Jungs mit dem Finger auf mich zeigte, damit die Kerle mir ihr Blei mitten in die Stirn jagten. Ich stach auf sie ein, einmal und viele Male. Ich wischte das Messer am

Laken ab. Im Nu war ich angezogen, zum Händewaschen und Kämmen blieb keine Zeit. Mit blutbeflecktem Hemd trat ich hinaus, trat wie aus einem vorher geträumten Traum hinaus. Ich lief durch eine einsame Straße und rüttelte Zuflucht suchend an vielen Türen, aber niemand wollte die Türen aufschließen. Ich lief wie besinnungslos weiter und kam an einen Fluss, der mich forttrug, bis ich mit einer hurenverfickten Angst im Leib aufwachte, einer Angst, die mich in der Maske Hunderter ausgehungerter Würmer zernagte. Ich verließ die Pension und stieg in einen Überlandbus nach Bogotá. Einsam und verirrt kam ich in der Hauptstadt an.

Ich sehe Ramón Schrott nach Ciudad Bolívar zurückkehren. Er steigt eine Straße hinauf, die sich im Tempo seines Atems bis zur Kuppe des Viertels emporschraubt und betritt langsam sein Haus. Er folgt einem langen, feuchten, übelriechenden Gang, mit Wänden so rissig, als hätten hundert Männer auf sie eingestochen. Er tritt in ein dunkles Zimmer ohne Türen und lässt sich auf eine Matratze fallen, über die eine dünne Decke geworfen ist. Bäuchlings vergräbt er das Gesicht in seinen Armen und beginnt zu schluchzen, während sein Bruder in Gedanken auf ihn zugelaufen kommt und mit nie gehörter Begeisterung ausruft: «Ramón, Ramón Schrott, Bruderstrolch, Arschschwuchtel, hör mich an: ich lebe, lebe …» Im Hof, an den Wäscheleinen, hängen Hunderte blutbefleckter Laken, wie festgezurrt an einem endlos verschlungenen Knoten.

Bogotá (1995)
Santa Verónica, Cali, Bogotá (1999-2000)

Arturo Alape
Leben in Bogotá und Schreiben im Exil

Eins

Die Handschrift des Terrors, diese von kranken Hirnen und sterilem Hass angekündigte und verbreitete Schrift, hat in Kolumbien eine lange Geschichte. Sie bemüht sich, dem hiervon Betroffenen einen Schauer über den Rücken zu jagen, sowie er in den Fängen der Angst erwacht, und sein Atmen wird zu einem angestrengten Ringen nach Luft, als würde etwas Unförmiges, Quallenartiges seine Mundhöhle verstopfen. Sie fesselt den Menschen, an den sie sich richtet, stumpft ihn ab, überläßt ihn seiner eigenen Schutzlosigkeit, schleudert seine Gefühle in unbekannte Dimensionen, bringt sein Inneres zum Kippen. Aus Furcht verwandelt sich der Mensch im Alltagstrott in einen lebenden Toten, indes er seinen Körper mit fremden Kleidern und Gedanken tarnt.

Es gibt viele symbolische Bedeutungen dieser perversen Handschrift: die Darstellung des Todes, der ohne Ankündigung kommt; die Angst als Folter, als Tropfen, der in regelmäßigen Abständen auf das Bewusstsein fällt; die Ungewissheit, die den Blick trübt; das Misstrauen gegenüber den Gunstbezeugungen sogar der engsten Freunde und Angehörigen; die wachsenden Hassgefühle und Rachegelüste gegenüber einem unsichtbaren Feind.

Vielleicht das erste Beispiel dieser Handschrift finden wir im Personalausweis der fünfziger Jahre, auf dem ein Stempel als offizielle Bestätigung galt, dass man bei den Wahlen seine Stimme für den einzigen Kandidaten Laureano Gómez abgegeben hatte. Den ungestempelten Ausweis bei sich zu tragen und ihn einer Militärstreife oder irgendwelchen anderen sogenannten Ordnungskräften vorzuweisen, bedeutete, das eigene Todesurteil zu unterschreiben: der betreffende Bürger hatte nicht gewählt, also war er ein Liberaler oder ein Kommunist. Er musste zur Seite treten, gleich darauf wurde er erschossen oder mit der Machete niedergemacht. Die Einschusslöcher oder die tiefen Schnitt- und Hiebwunden bezeichneten den herrschenden ideologischen Diskurs. Auch eine Krawatte, deren Farbe als politische Sympathie ihres Trägers ausgelegt werden konnte, war der Handschrift des Terrors unterworfen: in den Cafés von Bogotá wurden Männer, die eine dunkle Jacke und einen grauen Hut mit einer roten Krawatte kombinierten, gezwungen, diese in aller Öffentlichkeit runterzuwürgen.

Zwei

Der Dichter ist in der eigenen Angst gefangen. Sein Schatten überrascht ihn, wenn er sich aus Furcht von seinem Körper löst. Der Dichter hat seine persönlichen Gewohnheiten geändert, er muss der bleiben, der er ist, aber keiner merkt, dass er derselbe ist. Er nimmt nicht länger am öffentlichen Leben teil, er baut ein neues Türschloss ein, lässt die Tür als ganzes verstärken, sichert die Schränke, überprüft die Sprechanlage, als wären er und sein Zuhause gepanzerte Schlupfwinkel. Er ändert die Beziehung zu seinen Angehörigen, sorgt sich heimlich um die Seinen. Wenn er ausgeht, dann nicht mehr so unbeschwert wie früher. Er misstraut den Passanten, den geparkten Autos, dem Mann, der an der Ecke auf die Geliebte wartet. Seine Augen schweifen, er blickt sich um, hält Ausschau nach den vielen Gesichtern eines Mannes, der hinter ihm geht, der sich seit zwei Wochen an seine Haut, seinen Blick, seinen Atem heftet, der ihm in einem gewissen Abstand bis zur Haustür folgt und eine Zigarette nach der anderen raucht, nach Mitternacht, an der Ecke gegenüber, von wo er das Fenster des Dichters im Auge behält und sich wie ein eingefleischter Nachtschwärmer benimmt: der Dichter und jener Mann sind in ihren simultanen Bewegungen und Gesten wie siamesische Zwillinge, stumm miteinander verwachsen, ohne einander durch ein Zeichen des Blutes zu erkennen.

Die schriftliche Drohung war der Anfang; nun kommt der nächste Schritt, das wohl überlegte Schweigen oder besser gesagt, die zurückgenommene Stimme: spätnachts läutet das Telefon, erschrocken greift der Dichter nach dem Hörer, niemand meldet sich, nur ein leises Räuspern am anderen Ende der Leitung ist zu hören. Der Dichter legt auf, geht wieder zu Bett, findet keinen Schlaf. Aufs neue schrillt das Telefon, wieder hebt er ab, keine Antwort, bloß das unheilvolle Räuspern. Er versucht zu schlafen, eng an seine Frau oder Freundin geschmiegt, die wachliegt, der nichts entgangen ist. Auf die offenen Augen des Dichters tanzen Hunderte Schmetterlinge zu, sie fliehen aus dem Traum, der es nicht vermocht hat, sie einzufangen. Der Dichter nimmt Zuflucht bei Versen aus seinem Gedicht »Notizbuch«, die er stumm vor sich hersagt: *Alle Freunde leben in meinem Notizbuch./ Ihre Namen dort festigen meine Zuneigung/niedergeschrieben in roten Buchstaben, in blauen Stotterworten,/in grünschwarzen Losungen, im strebsamen Motto/oder in seinen eigenen Schriftzügen das Paradies./...Und wenn ein Freund, ein Gefährte fällt,/wenn dieser schwarze Blitz seine Schritte versteinert,/muss ich seinen Namen aus Wein oder aus Tauben streichen,/und so löschen ihn meine zitternden Finger aus.* Vielleicht möchte auch er seinen Namen aus dem Notizbuch streichen, um sich als Mensch und Gegenwart in unleserliche Arabesken aufzulösen, verloren und zerknittert auf den kleinen weißen Blättern. Der Dichter hat drei anonyme Schreiben mit Todesdrohungen erhalten, weil er einem Solidaritätskomitee mit Kuba vorsitzt und wegen der Unschuld seiner Handlungen und seiner Unterschrift, die andere als politischen und ideologischen Füllstein benutzen.

Drei

Auf dem Land hatte diese Handschrift des Terrors Ende der vierziger, Anfang der fünfziger Jahre ihren Höhepunkt erreicht. Damals mussten die Liberalen, um Leben, Ehre und Besitz zu retten, schriftlich kundtun, dass sie ihre politische Einstellung und ihre Weltanschauung geändert hatten: vor jeweils zwei Zeugen setzten die von nun an auf Lebenszeit vom Denken verlassenen, abgekappten Männer ihren Namen, ihre Ausweisnummer und ihre Unterschrift auf eine Liste, und es unterschrieben als Zeugen auch der Bürgermeister, der Pfarrer oder der lokale Führer der Konservativen, ehe die Männer mit lauter Stimme mitten auf dem Dorfplatz das folgende Dokument verlasen:

»Wir, die unten angeführten Bürger Kolumbiens, volljährig, mit den unten angeführten Ausweisnummern und im Vollbesitz unserer geistigen Kräfte, erklären aus eigenem Willen, ohne jedweden Zwang, frei und stolz und unter Eid, vor Gott und den Menschen und in Gegenwart von Zeugen:

Dass wir der Liberalen Partei und ihrer Gefolgschaft abschwören, denn diese Partei ist die der Anarchie und der moralischen Verworfenheit, die gegen Sitte und Ordnung sowie gegen die Katholische Kirche sündigt, wie die Ereignisse am 9. April eindeutig bewiesen haben.* Vom heutigen Tage an

---

*Am 9. April 1948 kam es infolge der Ermordung des liberalen Politikers Jorge Eliécer Gaitán zu einem Volksaufstand, dem sogenannten »Bogotazo«; die Welle der Gewalt, die das ganze Land erfasste und Teile der Hauptstadt Bogotá zerstörte, dauert bis heute an.

wollen wir der Konservativen Partei angehören, der einzigen, die das vom Gründer des Vaterlandes hinterlassene Erbe verkörpert. Wir schwören, dass wir die Konservative Partei bis in den Tod verteidigen werden.«

In ihrer Selbstverleugnung gaben diese Männer ihre Identität preis, retteten aber immerhin ihr Leben.

Die Handschrift des Terrors fand auf der Ebene der symbolischen Darstellung in plumpen öffentlichen Kundgebungen ihre Fortsetzung. Beispielsweise wurden die Türen und Fenster derjenigen, die zum Sterben verurteilt worden waren, mit roten Kreuzen beschmiert. Außerdem begann die Stimme das geschriebene Wort zu ersetzen: ein fünfzehnjähriger Junge gab mit hoher und melodiöser Stimme spätnachts ein Ständchen vor dem Haus der Familie, die für den Ritus des kollektiven Todes bestimmt worden war. Schon am nächsten Tag hatte diese im vergossenen Blut vereinte Familie aufgrund ihrer politischen Einstellung zu existieren aufgehört: so einfach waren die Folgen der Serenate.

Noch später sollte diese Schrift nur noch einen einzigen Ton kennen: den des Todes. Die ruhige Hand des Mörders, der nach dem Zücken der Waffe, dem Zielen und Feuern den Namen seiner Opfer auf dem zerknitterten Stück Papier durchstrich, ehe er es wieder in die Hosentasche steckte. Der gleichsam offizielle Exekutor oder gedungene Mörder lernte den nächsten Namen auf der Liste auswendig: sein schussbereiter, gut geölter Revolver steckte diskret im Hosenbund, nach getaner Arbeit legte er ihn weg, ehe er zu Bett ging, schlief und träumte.

Mit der Zunahme der parteipolitischen Gewalt in den fünfziger Jahren schrieb sich der Terror mit Messer oder Machete als dauerhafte Spur in den menschlichen Körper ein. Beispiele dieser Handschrift hat Germán Guzmán Campos in seinem tief beeindruckenden Text La Violencia en Colombia, parte descriptiva gesammelt: um ihnen »sogar den Samen zu nehmen«, wurde schwangeren Frauen der Bauch aufgeschlitzt und anstelle des Fötus ein Hahn in den Leib gelegt. »Sogar den Samen zu nehmen« hieß, dem Menschen von der Gegenseite das Recht auf Fortpflanzung zu verweigern. Der »Hemdenschnitt« bestand aus einem tiefen Schnitt an der Kehle, knapp oberhalb des Rumpfes, der mit einer scharfen Machete gezogen wurde; der »Krawattenschnitt« erforderte eine gewisse Geschicklichkeit - hierbei wurde das Gewebe nahe dem Unterkiefer durchtrennt und die Zunge des Opfers durch die entstandene Öffnung gezogen, so dass es aussah, als wehte sie am Hals wie eine Fahne am Mast; mit dem »Affenschnitt« köpfte man das Opfer derart, dass der Kopf vornüber auf die Brust fiel; beim »Franzosenschnitt« wurde dem Opfer bei lebendigem Leib die Kopfhaut abgezogen, wodurch es den abstoßenden Anblick eines weißlich-blutigen Schädels bot; der »Ohrenschnitt« galt als Nachweis dafür, dass ein Mord tatsächlich begangen worden war - der Mörder (auch pájaro, Vogel, genannt) sammelte die abgeschnittenen Ohren seiner Opfer in einer mit Kalk bestäubten Schachtel und wurde nach Vorlegen derselben vom jeweiligen Politiker oder Gutsbesitzer nach einem zuvor ausgehandelten Stückpreis entlohnt.

Ende der fünfziger, Anfang der sechziger Jahre beschritt diese Handschrift des Terrors für ihre Todesanzeigen neue Wege. In den Regionen im Landesinneren liefen abends oder spätnachts Radioprogramme, in denen die Hörer für ihnen nahestehende Menschen Musikwünsche äußern durften: nun verwandelte sich ein bestimmtes Liebeslied im Äther wie durch böse Ironie in das an den Mörder gerichtete Signal. Sowie er es hörte, machte er sich daran, den Auftrag auszuführen, also ein Leben auszulöschen. In derselben Zeit wurde es auch populär, an Mauern, Zäunen, Baumstämmen,

Wegmarken und Steinen Steckbriefe mit dem Foto des gesuchten Banditen, der Liste seiner Untaten und der Höhe der versprochenen Belohnung anzubringen. So entstand jene Atmosphäre kollektiver Denunziation, die in unserer jüngsten Geschichte verheerende Auswirkungen gezeitigt hat. Dann sollten, mit dem öffentlichen Zur-Schau-Stellen des Getöteten, weitere Schriftarten hinzukommen: der offene Sarg, davor die Menschenschlange, an ihrer Spitze Politiker und Gutsbesitzer, die ihn zu seinen Lebzeiten unterstützt und benutzt hatten, spuckten ihn nun voll gespieltem Hass an; seine Hinterbliebenen weinten um ihn, die Angehörigen seiner Opfer beschimpften ihn, schlugen mit der Wut, in die sich der Schmerz um den Verlust eines geliebten Wesens verwandelt, auf ihn ein. Und die Leiche jenes Mannes wurde, während ihr Zersetzungsprozess voranschritt, in allen Ortschaften im Norden von Tolima gezeigt.

Die Handschrift des Terrors machte auch nicht vor der anderen Seite halt, in den Lagern der Aufständischen, wo vorgeblich messianische Gruppierungen zur Verteidigung revolutionärer Grundsätze darangingen, politische Weggefährten oder Sympathisanten im Namen des Volkes hinzurichten. Und umgekehrt bedienten sich ihrer die nationalen Streitkräfte, die vorgaben, Recht und Ordnung zu verteidigen, während sie doch Jagd machten auf alle, die als Subversive oder Helfer von Subversiven bezeichnet werden konnten.

Vier

Der Dichter packt seinen Koffer. Er ist nicht gerade ein Experte darin. Ungeschickt in alltäglichen Verrichtungen, zum Beispiel in der Praxis, die eigenen Erinnerungen platzsparend unterzubringen, benötigt er die Geduld eines Uhrmachers. Da sind die vielen Begegnungen und Zärtlichkeiten, die er nicht der Vergangenheit überlassen, sondern mitnehmen und bewahren will; die unzähligen Briefe, von denen er nur die wichtigsten ins Exil retten kann: welche lässt er zurück, welche dürfen ihn begleiten. Ihn schwindelt angesichts des offenen Koffers, als würde er durch ihn in den Schlund der Zeit starren. Schließlich wählt er aus, was ihm irgendwie wichtig und unverzichtbar erscheint, Krawatten und Erinnerungen, Hemden und Ängste, Deodorants und Fotografien, stopft das alles in den Koffer und drückt den Deckel mit dem Knie nach unten, bis das Schloss endlich einschnappt.

Eine Woche lang überlegt er hin und her, dann entscheidet er sich binnen weniger Minuten und steckt die Bücher in eine Umhängetasche, die ihn auf jener Reise begleiten werden, zu der ihn andere mit ihrer Morddrohung gezwungen haben: alles von Neruda, alles von Alberti, alles von Vallejo, der »Ulysses« von Joyce. Müde und abgekämpft, ohne eine Auswahl zu treffen, schnürt er ein Paket mit seinen Manuskripten, die möglicherweise anderswo veröffentlicht werden, die andere Leser finden werden.

Wenn er seine Wohnung verlässt und sein Blick noch einmal durch die Straße schweift, durch die er so oft gegangen ist, fühlt der Dichter sich wund an Leib und Seele. Bald werden seine Schritte andere Straßen durchmessen. Während das Auto zum Flughafen rast, ist er immer noch tief in Gedanken versunken. Die elektronische Kontrolle im Flughafengelände kann seiner Trauer nicht habhaft werden. Ehe er durch den Zoll geht, drückt er seine achtjährige Tochter an sich, ganz fest, sein fliehender Blick, die Augen des Mädchens, die ihn suchen, Abschiedsworte, die kein baldiges Wiedersehen in Aussicht stellen. Seine kleine Tochter lacht, sie versteht ihn, vielleicht malt sie sich eine Schiffsreise aus, die ihr ebenso möglich erscheint wie der Flug eines Schmetterlings durch die Farben des Regenbogens. Dann umarmt der Dichter ein letztes Mal seine Gefährtin, aus ihm spricht die Liebe, ohne die das Leben nichts wäre, Gemeinschaft und Hingabe, Wege und Verfehlungen, zwei Stimmen, die das Atmen und Träumen nachts und frühmorgens miteinander verbinden. Hierauf wendet er sich brüsk ab, geht mit tastenden Schritten, wie ein Blinder, in die Abflughalle und steigt ohne weitere Verzögerung in das Flugzeug, das sich beim Warmlaufen der Motoren in eine riesige Wolke verwandelt, startet, abhebt, über einen ebenso riesigen Fluss fliegt, über den Bergen verschwindet.

Fünf

Am frühen Morgen schrillte aufs neue das Telefon, gerade als die Haus- oder Wohnungstür zersplitterte; bei der Hausdurchsuchung wurde alles geprüft, sogar die intimste Erinnerung, die auf alten Fotos lebendig geblieben war. Jeder Frage wurde mit einem Schlag ins Gesicht, mit einem Tritt in den Magen, mit dem Eintauchen des Kopfes in kaltes Wasser Nachdruck verliehen. Dann endlich, als Folge der anhaltenden Qualen, wurde der Folterer mit dem Geständnis seines Opfers belohnt. Das war die siegreiche Handschrift des Terrors, der von den gesetzlichen Bestimmungen zur inneren Sicherheit gedeckt wurde. Bogotá hatte sich in eine Stadt verwandelt, die in einen Nebel des Schweigens getaucht war.

In den achtziger Jahren sollten sich andere Schriftarten durchsetzen, die den Botschaften glichen, deren sich die italienische Mafia bediente: kleine, sorgfältig geschnitzte Särge, die in Geschenkpapier eingewickelt waren, gelangten in die Hände des Empfängers. Dieser begann, auf Todesanzeigen an den Wänden zu achten, die zum Begräbnis eines Menschen einluden, der noch gar nicht gestorben war. An einem sonnigen Nachmittag ging auf dem Rasen des Pascual Guerrero-Stadions von Cali, während eines spannenden Spiels zwischen América und Cali, ein Papierregen nieder. Die Flugblätter kündigten die Aktivitäten einer neuen Organisation namens MAS (Muerte à Secuestradores, »Tod den Entführern«) an. Das war der Beginn des schmutzigen Krieges gegen all jene, die nur deshalb, weil sie die herrschende Meinung nicht teilten, als Subversive eingestuft wurden. Die Handschrift des

Terrors hatte eine lange Geschichte gefestigt, indem sie eine ganze Symbologie im Grenzbereich zwischen Leben und Tod schuf: die Angst wurde zu einer sozialen Kategorie, als sie ein ganzes Kollektiv erfasste und anfing, mit dem Revolver in der Hand herumzulaufen.

Sechs

Der Dichter läuft über den Malecón, die Uferpromenade von Havanna. Er spielt mit der Phantasie des Kindes, das alles neu erfindet. Die Unermesslichkeit des Meeres öffnet den Augen des Dichters seine Grenzen, entdeckt ihm die Geheimnisse einer Erinnerung, die wie eine frische Wunde schmerzt. Das Meer erlaubt dem Dichter, mit dem Hin und Her der Wellen zu spielen, die den meerblauen Himmel Nerudas überschwemmen. Der Dichter fühlt sich zurückversetzt in jenes ferne Land, das durch seine Adern fließt. Die riesige Welle, die seinen Körper viele Meter weit emporhebt, markiert Anfang und Ende der Gebirgskette, die das Land durchquert, das er auf seinem Rücken trägt; das Meer birgt seine Unwetter, es ermöglicht den Blick auf jenen Fluss, der - rot gefärbt vom Blut der Toten - in den Atlantischen Ozean mündet. Das Meer häuft Häuser, Straßen, Plätze einer Stadt an, die zweitausendsiebenhundert Meter über dem Meeresspiegel liegt, und der Dichter bemüht sich, auf der eigenen Spur rückwärts zu gehen, um sich seiner alten Freunde zu vergewissern, sie bei ihren Namen zu nennen. Das Meer ist es auch, das in seiner gewaltigen Kraft dem Dichter einen alten Traum ins Gedächtnis ruft: mit den Gedichten seiner Lieblingsdichter die Massen in Bewegung zu setzen, ihre Leidenschaft zu entfachen. Das Meer folgt dem Dichter auf den Schritt, wenn er über den Malecón schlendert, und flüstert ihm dabei ins Ohr: »Dichter, die Landkarte des Menschen wird vom Heimweh gezeichnet. Du musst sie mit dem Schmerz und dem Bild der Entfernung austarieren...« Nun ist der Dichter guten Mutes.

Er versucht zu laufen, aber sein von Tabak und Alkohol geschwächter Körper hält nur das gewohnte Tempo ein. Der Dichter streicht sich seinen dichten Bart, blickt nach vorn und geht mit erhobenem Haupt weiter, wie einer, der lyrische Prosa schreibt. Sein Begleiter, das Meer, schickt ihm riesige Wellen, deren Sprühregen jeden poetischen Ertrag seiner Gedankenflüge befeuchtet.

Sieben

Heute fällt ein stürmischer Winter über Bogotá her: an den Straßenkreuzungen wird, am hellichten Tag, auf Flugblättern wieder die Handschrift des Terrors verteilt, die mit Pistole und Wort Denken und Leben bedroht. Diese rohe Schrift hat sich in einen Wächter über Gesten, Lachen, Umarmungen und Liebesschwüre verwandelt. Sie hat, wie die Pest, alles infiziert, selbst die Hörsäle und Klassenzimmer, sie knebelt Wissenschaft und Kultur und natürlich auch die Menschenrechte. Von der Angst gepackt, haben Schriftsteller, Journalisten, Anthropologen, Lehrer, Arbeiter ihre Koffer hervorgeholt, um wie der Dichter die Erinnerungen zu verstauen, und irgendwann nachts beschließen sie, sich auf den Weg zu machen, abzureisen, in der Hoffnung auf Wiederkehr. Dann bleibt nur die Zeit zurück, die Zeit des Schweigens, die aus dem Menschen ein schutzloses Wesen macht, stumm in seinen Gebärden, auf sich geworfen in seinen Gedanken, besessen von der Furcht, die den Blick trübt und den Atem nimmt, wie wenn einer in einer gewaltigen Höhle voll Ungeziefer gefangen wäre.

Acht

Der Dichter schlendert durch das alte Havanna. Seine Gedanken verlieren sich in diesem Labyrinth zahlloser Gassen, die sich kreuzen oder ineinander münden, und er denkt dabei an Menschen, die sich die Hand reichen oder einander verstohlen umarmen. Es ist wie in Räumen, die nie Tür, Fenster und Treppe finden, aber plötzlich fällt Licht wie strahlender Regen herab. Den Dichter José Luis Díaz Granados überkommt jäh die schmerzvolle Erfahrung, als hätte er sie gerade erst von einem großen argentinischen Kollegen, von Juan Gelman, gehört: »Mir scheint, das Exil ist eine schwere Strafe. Für die Griechen war die Verbannung eine schwere Strafe, schlimmer als der Tod. Ich weiß nicht, ob es genau so ist, aber Sie wissen es jedenfalls, und Sie spüren es.« Natürlich spürt er es, es ist ihm, als spalteten sich just in diesem Augenblick Erinnerungen, Anfälle von Heimweh, Träume, Erfahrungen, Zuwendungen und verpaßte Gelegenheiten von ihm ab. Exil ist erzwungenes Treiben durch andere Geographien, mit geliehenen Füßen und fremden Gedanken. Die Entwurzelung reduziert den Körper auf sein Skelett. Aber die vitale Haltung des Dichters entschädigt für diesen großen Verlust: das Leben öffnet sich neuen weißen Blättern, die beschrieben werden müssen, mit dem Mut, den es braucht, am Rande des Abgrunds zu existieren.

Der Dichter weiß dies in den Monaten, die er unter der Sonne dieses wunderbaren Landes zugebracht hat, durch das solidarische Wort, das dessen Bewohner mit jeder Umarmung aussprechen: dass er mit dem Aberwitz dessen schreiben muss, der gleich am Galgen enden wird, schreiben als Rettung und Waffe zugleich, das Wort, das Schönheit schafft und den Menschen dazu bringt, tiefe Gefühle anzunehmen. Wir wissen, dass der Dichter schreibt, um sich zu retten. Der Handschrift des Terrors muss endlich, bald Einhalt geboten werden, damit der Reisende wider Willen in das Land seiner Herkunft zurückkehren kann, begleitet vom Ruf der Freundschaft und von dauerhafter Umarmung. Die Handschrift des Lebens, lesbarer, einprägsamer, eindringlicher als die Handschrift des Terrors.

Der Dichter hält den Atem an, unterdrückt für einmal seine Wehmut, ruft sich die letzten Verse seines Gedichts »Notizbuch« in Erinnerung und sagt halblaut:

Heute jedoch, wo ich mich nach Farben sehne
und es mich gelüstet, unter den Lebenden lebendig zu sein,
wünsche ich mir so sehr, den vielen Freunden zu sagen:
kein Name wird mehr gestrichen in meinem Notizbuch,
die Farben werden mich daran erinnern,
dass ich die Nummer ihres Lächelns wählen muss:
rot, für das Lächeln, das seufzen lässt,
blau, für das verborgene Lächeln anderer Tage,
grün, für den Gefährten im Schreiben und Kämpfen,
und schwarz, die unauslöschliche Unfarbe des Unglücks,
um den Namen der Bestie im Lehm zu begraben!

Aus dem Spanischen von Erich Hackl

Krimi & Co.
Weitere Bücher aus Lateinamerika und der Karibik

Amir Valle
Freistatt der Schatten
Thriller aus Kuba

Amir Valle
Habana Babilonia - Prostitution in Kuba
Sex and Crime - ein Lesebuch

Daniel Chavarría
Die Wunderdroge
Roman

Daniel Chavarría
Die sechste Insel
Roman

Daniel Chavarría
Viagra à la Cubana
Roman

Peter Faecke
Die geheimen Videos des Herrn Vladimiro
Kriminalbilder aus Peru und Deutschland
Roman

Justo E. Vasco / Roberto Estrada Bourgeois
Die toten Augen von Havanna
Zwei Romane

Alle unsere Bücher sind auch als eBook abrufbar, u.a. bei beam-ebooks.de, libreka.de, sofortlesen.de.